JN437339

현해탄

현해탄

임화 지음

한국 시집 초간본 100주년 기념판 — 바람

일러두기

1. 이 책의 텍스트는 1938년 2월 29일에 발행된 『현해탄』의 초간본이다.
2. 〈××〉, 〈……〉, 〈•〉는 당시 검열에 의해 삭제된 부분이다. 재구할 수 있는 부분은 재구하였다.
3. 표기는 원칙적으로 현행 맞춤법에 따랐다. 그러나 특별한 시적 효과와 관련된다고 판단되는 경우는 원문의 표기를 그대로 두었다.
4. 한자는 한글로 고치되, 꼭 필요한 경우는 괄호 처리 하였다.
5. 원주는 해당 시의 마지막 부분에, 편자 주는 모두 권말에 후주로 처리하였다.
6. 한 편의 시가 다음 면으로 이어질 때 연이 나뉘면 첫 번째 행 상단에 줄 비움 기호(>)를 넣어 구분하였다.

네거리의 순이

네가 지금 간다면, 어디를 간단 말이냐?
그러면, 내 사랑하는 젊은 동무,
너, 내 사랑하는 오직 하나뿐인 누이동생 순이,
너의 사랑하는 그 귀중한 사내,
근로하는 모든 여자의 연인……
그 청년인 용감한 사내가 어디서 온단 말이냐?

눈바람 찬 불쌍한 도시 종로 복판의 순이야!
너와 나는 지나간 꽃 피는 봄에 사랑하는 한 어머니를
눈물 나는 가난 속에서 여의었지!
그리하여 너는 이 믿지 못할 얼굴 하얀 오빠를 염려하고,
오빠는 가냘픈 너를 근심하는,
서글프고 가난한 그날 속에서도,
순이야, 너는 마음을 맡길 믿음성 있는 이곳 청년을 가졌었고,
내 사랑하는 동무는……
청년의 연인 근로하는 여자 너를 가졌었다.

>

겨울날 찬 눈보라가 유리창에 우는 아픈 그 시절,
기계 소리에 말려 흩어지는 우리들의 참새 너희들의 콧노래와
언 눈길을 걷는 발자국 소리와 더불어 가슴속으로 스며드는
청년과 너의 따듯한 귓속 다정한 웃음으로
우리들의 청춘은 참말로 꽃다웠고,
언 밥이 주림보다도 쓰리게
가난한 청춘을 울리는 날,
어머니가 되어 우리를 따듯한 품속에 안아 주던 것은
오직 하나 거리에서 만나 거리에서 헤어지며,
골목 뒤에서 중얼대고 일터에서 충성되던
꺼질 줄 모르는 청춘의 정열 그것이었다.
비할 데 없는 괴로움 가운데서도
얼마나 큰 즐거움이 우리의 머리 위에 빛났더냐?

그러나 이 가장 귀중한 너 나의 사이에서

한 청년은 대체 어디로 갔느냐?
어찌 된 일이냐?
순이야, 이것은……
너도 잘 알고 나도 잘 아는 멀쩡한 사실이 아니냐?
보아라! 어느 누가 참말로 도적놈이냐?
이 눈물 나는 가난한 젊은 날이 가진
불쌍한 즐거움을 노리는 마음하고,
그 조그만 참말로 풍선보다 엷은 숨을 안 깨치려는 가지런한 마음하고,
말하여 보아라, 이곳에 가득 찬 고마운 젊은이들아!

순이야, 누이야!
근로하는 청년, 용감한 사내의 연인아!
생각해 보아라, 오늘은 네 귀중한 청년인 용감한 사내가
젊은 날을 부지런할 일에 보내던 그 여윈 손가락으로
지금은 굳은 벽돌담에다 달력을 그리겠구나!
또 이거 봐라, 어서.

이 사내도 네 커다란 오빠를……
남은 것이라고는 때 묻은 넥타이 하나뿐이 아니냐!
오오, 눈보라는 트럭처럼 길거리를 휘몰아 간다.

자 좋다, 바로 종로 네거리가 예 아니냐!
어서 너와 나는 번개처럼 두 손을 잡고,
내일을 위하여 저 골목으로 들어가자,
네 사내를 위하여,
또 근로하는 모든 여자의 연인을 위하여…….

이것이 너와 나의 행복된 청춘이 아니냐?

세월

시퍼렇게 흘러내리는 노들강,

나뭇가지를 후려 꺾는 눈보라와 함께
얼어붙어 삼동 긴 겨울에 그것은
살결 센 손등처럼 몇 번 터지고 갈라지며,
또 그 위에 밀물이 넘쳐
얼음은 두 자 석 자 두터워졌다.

봄!
부드러운 바람결 옷깃으로 기어들 제,
얼음판은 풀리고 녹아서,
돈짝* 구들장 같은 조각이 되어 황해 바다로 흘러간다.

이렇게 때는 흐르고 흘러서, 넓은 산 모서리를 스쳐 내리고, 굳은 바위를 깎아,
천릿길 노들강의 하상을 깔아 놓았나니,
세월이여! 흐르는 영원의 것이여!

모든 것을 쌓아 올리고, 모든 것을 허물어 내리는,
오오 흐르는 시간이여, 과거이고 미래인 것이여!
우리들은 이 붉은 산을, 시커먼 바위를,
그리고 흐르는 세월을, 닥쳐오는 미래를,
존엄보다도 그것을 사랑한다.
몸과 마음, 그 밖에 있는 모든 것을 다하여…….
세월이여, 너는 꿈에도 한 번
사멸하는 것이 그 길에서 돌아서는 것을 허락한 일이 없고,
과거의 망령이 생탄하는 어린것의 울음 우는 목을 누르게 한 일은 없었다.
너는 언제나 얼음장같이 냉혹한 품 안에
이 모든 것의 차례를 바꿈 없이
담뿍 기르며 흘러왔다.

우리들은
타는 가슴을 흥분에 두근거리면서 젊은 시대에 대 오는

뜨거운 맥이 높이 뛰는 두 손을 쩍 벌리고,
모든 것을 그 아름에 끼고 닥쳐오는 세월! 미래!
그대를 이 지상에 굳건히 부여잡는다.
우리는 역사의 현실이 물결치는 대하 가운데서
썩어지며 무너져 가는 그것을 물리칠 확고한 계획과
그것을 향해 갈 독수리와 같이 돌진할 만신의 용기를 가지고,
이 너른 지상의 모든 곳에서 너의 품 안으로 다가선다.

오오, 사랑하는 영원한 청춘 세월이여.
너의 그 아름다운 커다란 푸른빛 눈을 크게 뜨고,
오오, 대지의 세계를 둘러보라!
누가 정말 너의 계획의 계획자이며!
누가 정말 너의 의지의 실행자인가?

오오, 한 초 한 분
온 세계 위에 긴 날개를 펼치고 날아드는 한 해여!

우리는 너에게 온 세계를 요구한다.

낡은 것과 새로운 것이 부딪는 말썽 가운데서

우리는 요구한다,

좋은 것을, 더 좋은 것을.

……

……

……

오오! 감히 어떤 바람이 있어, 어떤 힘이 있어,

물결이여, 돌아서라! 하상이여, 일어나라! 고 손질할 것이며,

세월이여, 퇴거하라! 미래여, 물러가거라! 고 소리치겠는가?

미래여! 사랑하는 영원이여!

세계의 모든 것과 함께 너는 영원히 젊은 우리들의 것이다.

암흑의 정신

대양과 같이 푸른 잎새를,
그 젊은 수호졸(守護卒) 만산의 초화(草花)를,
돌 바위 굳은 땅속에 파묻은 바람은,
이제 고아인 벌거벗은 가지 위에 소리치고 있다.
청춘에 빛나던 저 여름 저녁 하늘의 금빛 별들도
유명(幽冥)의 하늘 저쪽에 흩어지고,
손톱같이 여윈 단 한 개의 초승달,
그것조차 지금은 레테*의 물속에서 신음하고 있는가?

동 서 남 북 네 곳의 어디를 둘러보아도,
두 활개를 쩍 벌려 대공(大空)을 휘저어 보아도,
목청을 돋워 소리 높이 외쳐 보아도,

오오, 오오,
암흑의 끝없는 동혈(洞穴),
추위에 떠는 나뭇가지의 호읍(號泣),
뇌명(雷鳴)과 같은 폭풍, 거암(巨巖)을 뒤흔드는 노호,

오오, 이제는 없는가? 암흑 이외에!
오오, 드디어 폭풍이 우주의 지배자인가?

생명의 즐거움인 삼월의 꽃들이여,
청년의 정신인 무성한 풀숲이여,
진리의 의지인 아름드리 교목이여,
그리고 거인인 삼림의 혼이여!

새싹 위에 나부끼던 보드라운 바람,
풍족한 샘, 빛나는 태양,
그리고 불멸의 정신인 산악 창공은,
하늘에 떠도는 한 조각 시의(猜疑)의 구름과
사(死)의 암흑 멸망의 바람만을 남기고,
자취도 없이 터울도 없이 스러졌는가?

깊은 낙엽송의 밀림과 두터운 안개에 싸인
저 험한 계곡 아래,

지금 이 여윈 창백한 새는 날개를 퍼덕이며,
숨소리조차 죽은 미지근한 가슴 위에 두 손을 얹고,
어둠의 공포 절망의 탄식에 떨고 있다.
—아무 곳으로도 길이 열리지 않는 암흑한 계곡에서.

우수수! 딱! 꽝! 우르르!
암벽이 무너지는 소리, 천세(千歲)의 거수(巨樹)가 허리를 꺾고 넘어지는 소리,
사멸의 하늘에 야수가 전율하는 소리,
끝없는 어둠 침묵한 암흑,
오오! 만유(萬有)로부터 질서는 물러가는가?

이 무변의 대공(大空)을 흐르는 운명의 강 두 쪽 기슭
생과 사, 전진과 퇴각, 패배와 승리,
화해할 수 없는 양 언덕에 너는 두 다리를 걸치고,
회의의 흐득이는 심장으로 말미암아 전신을 떨고 있지 않으냐

그러나 빈사의 새여! 낡은 심장이여! 떨리는 사지여!
안 보이는가 안 들리는가
그렇지 않으면 이젠 아무것도 모르는가

불길은 바람의 멱살을 잡고
암흑인 하늘의 가슴을 한껏 두드리고 있지 않는가?

교목들은 어깨를 비비며 불길을 일으키고,
시든 풀숲은 불길에 그 몸을 던지며,
나뭇가지는 하늘 높이 오색의 불꽃을 내뿜지 않는가
그리고 삼림은!
커다란 불길의 날개로 거인인 산악을 그 품에 덥석 끼고,
믿음직한 근육인 토양과 철의 골격인 암석을 시뻘겋게 달구면서
백 척의 장검인 화주(火柱)를 두르며, 고원(高遠)한 정신의 뇌명(雷鳴)과 함께 암흑의 세계와 격투하고 있다.
진실로 영웅인 작열한 전산(全山)을 그 가운데 태우

면서……

오오! 새여! 그대 창백한 새여!
노래를 잊은 피리여!
너는 햄릿이냐? 파우스트냐? 오네긴이냐?
그렇지 않으면 유리제(製)의 양심이냐?

오오 이 미친 무질서의 광란 가운데서
주검*의 운명을 우리들의 얼굴에 메다치는 암흑 가운데서
너는 보는가? 못 보는가?

이 불길이 가져오는 생명의 향기를
이 장렬한 격투가 전하는 봄의 아름다움을
만산의 초화와 우거진 녹음, 그리고 황금색 실과의 단
그 맛을

이 암흑, 폭풍, 뇌명의 거대한 고통이

밀집한 교목의 대오와 그 한 개 한 개의 영웅인 청년, 수목의 육체 가운데
굵고 검은 한 테의 연륜을 더 둘러 주고 가는 것을!

너는 두려워하느냐?
사는 것을……
너는 아파하느냐?
청년인 우리들이 생존하고 성장하는 도표(道標)인 〈나이〉가 하나 둘 늘어가는 것을!

영리한 새여! 아직도 양심의 불씨가 꺼지지 않은 조그만 심장이여!
불룩 내민 그 귀여운 가슴을 두드리면서
이렇게 소리쳐라!

「오라! 어둠이여! 울어라! 폭풍이여!
노호하라! 사(死)와 암흑의 마르세이유여!」

>

그렇지 않은가!

누가 대지로부터 스며 오르는 생명인 봄의 수액을

누가 청년의 가슴속에 자라나는 영웅의 정신을 죽음으로써 막겠는가

암흑인가? 폭풍인가? 뇌명인가?

• 단테의 『신곡』 중의 구(句)로 〈영구히 희망을 버리라〉고 쓴 지옥의 문을 들어서면 곧 내[河]가 있어 이 강을 〈망각의 강〉이라고 하여 모든 것을 망각 속에 묻어 버린다는 뜻.

주리라 네 탐내는 모든 것을

젊었을 그때엔 저렇듯 아름다운 꽃이파리도,
이곳엔 꿈인 듯 흩어져 버리고,
천 년의 긴 목숨을 하늘 높이 자랑하던
저 아름드리 솔 잣나무의 높고 큰 줄기도
역시 이곳에는 허리를 꺾고 넘어지나니,
이 모든 것의 위를 마음대로 오르고 내리는
온갖 새의 임금인 독수리여!
너도 역시 마지막엔 그 크고 넓은
두 날갯죽지를 흐늘어뜨리고,
저무는 가을날 초라한 나뭇잎새 바람에 나부껴 흩날리듯
옛 그날이 있는 듯 만 듯 덧없이
한 줌 흙으로 돌아가고 마는가?

노한 구름이 비바람 뿌리며 소리치던
그 험한 날 천 리 먼 길에도,
일찍이 날개를 접어 굴욕의 숲속에서
부끄러운 눈알을 한 번도

두려움에 굴려 본 기억이 없는
오오! 하늘의 영웅이여! 너도
주검이 한 번 네 큰 몸을 번쩍 들어 땅 위에 메다치면
비록 어지러운 가슴을
누를 수 없는 노함과 원한에 깨칠지언정,
날개를 펼쳐 다시 한번
이곳에서 하늘을 향하여
화살처럼 내닫지는 못했는가?

오오! 말 없는 악령이여!
모든 것의 무덤인 대지여!
너는 말하지 못하겠는가?
정말로 너는 목숨 있는 모든 것을
주검으로 거두는,
살아 있고 살아가는 모든 것의 최후의 원수인지……
너는 대답지 못하겠는가?
천고의 옛날과 같이 지금도

또 끝없을 먼 미래에까지
너는 역시 말 없는 짐승이 되어
이곳에 엎뎌져 있겠는가?

높은 산악이여! 굳은 암석이여!
끝없는 바다까지도 네 품에 안고 있는
무한한 침묵과 암흑의 군주여!
만일 네 넓고 푸른 대양이나 호수의 눈과 같이
언제나 뜨고서도 보지를 못한다면,
이 한 몸 둥그런 돌멩이 만들어
영원히 감지 않는 네 속에 풍덩 뛰어들리라.
만일 네 누르고 푸른 가죽이나 검고 굳은 바위처럼
아무것도 감지할 수 없다면은
사랑하는 어머님 젖가슴 뜯으며 어리광 부리던,
이 두 손으로 네 위에 더운 피 흐르도록 두드리리라.
만일 네 아늑한 산맥의 귓전이
하늘을 찢는 우레 소리조차 들을 수 없다면,

못 잊을 임 볼 밑에서 뜨거운 마음을 하소연하던,
이 다문 입을 열어
입술이 불 되도록 절규하리라.
만일 네 깊은 심장이
어둠과 침묵밖에는
아무것도 알기를 싫어한다면,
두 손과 다리를 가슴에 한데 모아
운석이 되어
네 위에 떨어지리라.

그래도 만일
네 영원히 침묵의 제왕으로
주검밖에 아무것도 알지를 못한다면,
주리라! 오오, 네 탐내는 모든 것을……
너의 멀고 넓은 태평양 바다의 한 옆
아늑한 내해(內海) 가운데
한 오리 내어민 반도 동쪽가,

성천강 물줄기 맑게 흐르는 남쪽 기슭인
네 한 길 품속에 영원히 잠든
내 사랑하는 벗 그가
네게 내어 준 그것과 같이
심장 두 팔 두 다리,
또 그 위를 뛰고 달리며
일찍이 어떠한 두려움에도
허리를 굽히지 않았던
청년의 이 온몸을……
너는 탐내는가? 말해 보라!
그렇지 않으면 그것으로도 아직
네 탐욕의 목마름은 나을 수가 없겠는가?

오오! 주리라!
그러면 살아 있는 이 위의 모든 것을,
사랑하고 미워하며 울고 웃는 모든 것과,
흐르는 세월의 물결 이외의

아무런 권위 앞에서도
일찍이 머리를 숙여 보지 않았던,
불타는 정열과 살아 있는 생각의 모두를……
암흑의 심장이여! 주검의 악령이여!
네 이 가운데 하나도 남김없이
모두를 탐낸다면,
소리 높여 대답하라.

그러나 만일,
오오! 그래도 만일,
네 악마의 검은 배가
그것으로도 아직 찰 수가 없다면,
주리라! 그의 벗 되는 이 몸과 나머지 모든 것을……
그리고—
그가 안고 울고 웃고 즐기고 노하며
마지막 그의 목숨을 내놓으면서도,
오히려 무서운 매 발톱이

어린 목숨을 탐내어 하늘을 감돌 제,
철 모르는 어린것을 두 깃으로 얼싸안는
어미새의 가슴처럼,
그것을 그것을 지키려고
온몸을 흥분에 떨던,
그의 평생의 요람이었고
그의 모든 벗의 성곽이었던
청년의 정열과 진리의 무대까지도……

그러나 또 만일, 또, 또 만일,
탐욕의 열병에 썩어 가는 네 오장이
그것으로도 아직 찰 수가 없다면,
그의 자라나던 성곽과 노래의 대오
살림의 진실과 진리의 길을
꽃 위에 수놓던 이 군대의 모두가,
열몇 해 오랜 동안 그 배 위에서,
산 같은 풍랑의 두려움에도

신기루의 달큼한 유혹에도,
오직 검은 하늘 저쪽
밝은 별 이끄는 만 리 뱃길에
킷자루를 어지럽히지 않았던,
이 검은 쇠로 굳게 무장한
전함 돛대 끝 높이 빛나는 우리들
〈××××〉의 깃발까지도,
네 그칠 바 모르는 오장의 밑바닥을 메우려고
검은 두 손을 벌린다면,
벌레의 구물대는 그 위에
내놓기를 아끼지 않으리라!

그러나 네 높고 큰 산악의 귓전을 기울여 보라!
네 잠잠히 넓은 대양과 호수의 푸른 눈알을 굴려 보아라!
벗 〈김〉이 누워 있는 불룩한 무덤 위에
조는 듯 피어 있는 머리 숙인 할미꽃이라든가,

아침 햇빛에 잠자던 머리를 들어
아득히 먼 저 끝까지
날마다 푸른 물결 길려가는
이 아름다운 봄철의 들판이라든가,
그 위에 우뚝 허리를 펴
지나간 시절에게 패전한 흉터가 메일락 말둥 한
움터 오는 나뭇가지들의 누런 새순이라든가,
저 버들가지 흩날리는 언덕 아래
텀벙 엎뎌져 눈을 털고
동해 바다 넓은 어구로 흘러내리는
성천강의 얼음 조각이라든가를……
오오, 유빙(流氷)이다!
보는가! 저 얼음장 뒹구는 위대한 물결을!
진실로 미운 것이여!
다시 두 번 어깨를 겨누어 하늘 아래 설 수 없는
정말로 정말로 미운 것이여!
아는가?

세월은 네 품이 아닌
먼 저쪽에서 흐르면서
죽어 가는 것 대신에 영구히 새로운 것을 낳고 있다.
어제도, 지난해에도, 태고의 옛날에도,
그리고 끝 모를 먼 미래에까지도……

정말로
가을에 아프고 쓰라린 기억은 한 번도
누런 풀숲에서,
가만히 머리를 숙이고 얼굴을 붉히는
할미꽃의 용기를 꺾지는 못했었고,
거센 동해의 산 같은 격랑도
삼동 긴 겨울
길 넘게 얼어붙은 빙하를 녹여
하구로 내려 미는
한 오리 성천강의 가냘픈 힘을
막아 본 적은 없었다.

>

하물며 이른 봄의 엷은 바람으로
어찌 새싹 푸르러
손뼉 같은 큰 잎새 피어,
태양과 함께 청공(青空) 아래 허덕이는
여름철의 기름진 성장의 힘을
누를 수 있겠는가?
모진 바람 지둥 치는 암흑한 언덕 위에
죽은 듯 엎뎌진 살아 있는 모든 것의
수없는 슬픔을
영구히 벗지 못할 깃옷 속에
장사 지내려던 눈 덮인 들
너와 함께 태초로부터
불타던 태양까지가 그의 힘을 잃고
헛되이 긴 동안을 굴러가던
그 끝없이 차고 흰 벌판 위에
무참히 쓰러진 모든 목숨을
일제히 생탄의 마당으로 잡아 일으킬

이 세월의 영원한 흐름을,
철수의 위대한 힘을,
닥쳐오는 봄을!
살아 있는 모든 것의 원수여! 말해 보라!
막을 수 있겠는가?

주리라! 주검의 악령이여! 네 탐내는 모든 것을……
가을의 산야가 네 위에 살아 있는 모든 것을
눈 속 깊이 내어맡기듯……

그러나 종달새 우는 오월
푸른 하늘 아래 나팔을 불며
군호 소리 높이 두 발을 구르고
잠자는 모든 것을 일으키고,
침묵한 온갖 것의 입을 열어
절규의 들로 불러내며,
죽어진 그 시절의 모든 목숨을

무덤으로부터 두 손을 잡아 일으킬,
저 열 길 얼음 속에서도 아직
산 것을 자랑하는 어린 물고기의 마음이,
한 줄기 빛깔도 엿볼 수 없는
이 어두운 땅속에서,
두 주먹을 고쳐 쥐며 높이고 있는
한니발의 굳은 맹세를……
암흑이여! 주검의 어머니인 대지여!
말해 보라! 꽉 그 목을 눌러
영구히 숨줄을 끊을 수 있겠는가?

자거라!
이제는 두 번 살아 우리 앞에 나서지 못할
사랑하는 옛 벗 〈××〉아! 고이 자거라!
지금 살아서 죽는 우리들과 함께.
누가 감히 네가
영구히 죽었다고 말하겠는가?

불길은 타서 숯등걸 되고
그것은 일어날 새 불의 어머니 되나니,
벗아! 저 컴컴한 골짝 속에서도
오히려 머지않아 닥쳐올 대양의 큰 파도 소리를 자랑하며,
묵묵히 흐르는 실낱 냇물이 속삭이는
옅은 콧노래 가운데,
오는 날의 모든 것을 들으면서
고이 두 손을 가슴에 얹어라!

이 아래 한 길 되는 어둔 땅속에
지금 대양의 절규 대신에 잠잠한 침묵에 내가 잠자고 있노라!

나는 못 믿겠노라

지금 나는 멀리 남쪽 시골서 온 자네의 봉함 편지를 접어 머리맡에 놓고,
눈을 감아 생각하려 잠을 멈추고 자리에 누웠다.
풋내의 밀물이
짙어 가는 여름 드높은 하늘의 깊은 어둠을 헤어,
고기 떼처럼 춤출 듯 꼬리를 접어 이슬발을 끊어 던지고,
내 마음의 작은 배가 어젯날의 거친 바다 항로에서
풍파가 준 깊다란 상처를 다스리려,
헌 뱃등을 비스듬히 언덕에 누이고 있는 내 아늑한 굴강인 좁은 방으로
얼싸안는 듯 덮치는 듯 듬뿍이 스며든다.

밤
지나간 황혼의 포구와의 별리가 오래되어 낡아 갈수록
산악의 푸른 눈썹은 기억의 쓰라림에 젖어,
하늘을 나는 새들도 날개를 접고,
젊은 식물들이 네 활개 저으며 가쁘게 호흡하는 저 위

눈동자 맑은 밤하늘이 홀로 어둠에 슬픈 옷자락을 길게 끌면서,
정강이 허리가 묻혀 곧 머리까지도 보이지 않을
시커먼 수렁으로 비척비척 걸어간다.

어둠
오랜 사공인 별들조차 갈 길을 잃어 구름 속에 헤매는 어둠,
돌 바위의 굳은 마음이나 산악의 큰 정신도
이 속에서는 넋을 잃고 쓰러질 무겁고 진한 풋내,
아무리 길고 억센 생명도 재 되어 쓰러질 흙의 독한 냄새,
영원히 건강한 태양도 지금엔 다리를 절어 멀리 산 뒤에 숨은
이 두렵고 미운 모든 것이 한데 어우러진 구렁 속에서,
밤의 몸집은 한없이 크고 넓게 성장하며,
나는 새벽 항구를 멀리 남긴 채 나이 먹고 늙어서 죽어

갈 것일까?

우레의 큰 소리로 부름도 아니련만,
썰물의 굳센 손이 이끎도 아니련만,
무엇이 부르는 듯, 이끄는 듯,
내 몸과 마음은 밤의 깊은 바다 속으로 가라앉고 있다.
아마도 밤은
이 두텁고 무거운 이불을 덮어
주검의 검은 자리 위에 나를 누이지 않고는
이곳으로부터 내내 물러가지 않으려나 보다.

마치 내 즐기는 산이나 들의 고운 색날을 걷지 않고는
이놈의 여름철이 달아 올 수 없는 것처럼, 정말로 밤은
의상 없는 심술 사나운 악령인가 보다.

그러나 밤
이 두렵고 고단한 오늘날의 긴 밤을 헛되이 달려 보고,

허위대는 어리석음이라든가
내일을 옳게 살려 고요히 잠자는 것의 중함이라든가를,
이 사람, 낸들 어찌 분간하지 못하고 알지 못하겠는가?

말없이 움직임 없이 오직
죽은 듯 하룻밤을 꿀꺽 참아
선뜻 개는 아침,
두 팔을 걷어 어지러운 들길을 열어 나갈 오늘날의 용사일 나는,
대망의 아득한 잠자리의 값을
나는 허덕이는 가슴 위에 두 손길을 얹고 눈을 감아 금쳐 본다.

〈밤의 굳은 손이 우리의 몸과 마음을 사로잡아 누일 때,
그저 운명에 종용(從容)함이 오는 아침을 위하여 가장 현명할 것이다.〉
어찌 자네뿐이겠는가!

일찍이 선배인 어느 비평가의 논문도
이 〈냉정한 이성의 지혜로운 길〉을
우리들이 걸어갈 유일의 길이라고 지시했음을,
나는 다시 한번 새롭게 기억한다.

정말로 가시덤불은 무성하여 좁은 앞길을 덮고,
깊은 밤 날씨는 언짢아, 두터운 암흑이
그 위에 자욱 누르고 있다.
이미
자네는 부상한 채 사로잡히고, 나는 병들어 누워,
벌써 몇 사람의 진실로 존귀한 목숨이
고난에 찬 그 험한 길 위에 넘어졌는가?
이제 우리들의 긴 대오는 허물어지고 〈전선〉은 어지럽다.

그러나 이 사람!
이 괴로운 밤이 다시 우리들을 찬란한 들판으로 나르는

대신
  이름도 없는 세월의 헛된 제물로
  번쩍 잡초 우거진 엉구렁 아래 메어치고 달아나지나 않을지?
  나는 벌레 먹어 무너져 가는 내 가슴이 맞이할 운경과 더불어
  몇 번 고단한 몸을 뒤척이고,
  몇 번 괘종의 우는 소리를 들으면서,
  이 시커먼 파도 가운데서 대답을 찾으며 생각하였을까?
  내 수척한 육신은 기름 땀내 잠기고,
  돌멩이처럼 머리는 침묵의 괴로운 바다 속으로 가라앉는다.

  순간
  나는 주위를 둘러싼 두터운 침묵이 무너지는 날카로운 소리에,
  비로소 보이지도 않게 방 안 가득 진 친 셀 수도 없는 모

기 떼의
　무수한 입추리 가운데
　참담히 누워 있는 내 육신의 전모를
　나는 모진 아픔과 몸서리를 같이 발견했다.

　오오, 이 밤의 어두운 꿀이
　그들의 온갖 활동에 얼마나 크고 넓은 자유를 주는 것일까?
　암석까지도 진땀을 내뿜는 이 계절의 진한 입김이
　그들의 엷은 두 날개를 얼마나 가볍고 굳세게 만들어 주는 것일까?
　그러나 우리는
　이 가운데서 보고 아는 모든 자유를 죽여 가고,
　〈습격자〉를 향하여 몸을 일으킬 육신의 적은 힘까지도 잃어 간다.

　앵! 아우성 소리치며 눈 위를 감돌고,

소리개처럼 탁 귓전을 후려,
이 밤의 아픔의 가장 혹독한 전초(前哨)들은 꽉 뒷다리를 버티고,
우리들의 몸에 입추리를 꽂아,
밤이 주고 그들이 탐내는 모든 것을
우리들의 전신에서 약탈한 참혹한 자유를 향락하고 있다.

오, 지금은 육촉 전등 흐릿한 좁다란 마루 판자,
굵은 창살이 네모진 하늘을 두부같이 저며 놓은 높다란 들창 아래,
내 자네의 여윈 몸은
고된 일에 넘어진 마소처럼 쓰러져 있지 않은가?
얼마나 이 밤의 죄악의 통렬한 집행자들은
무참하고 아프게 그 입추리를 박았을까?
비비어 죽여도, 눌러 죽여도,
벗아, 내 분함이 어찌 풀리겠는가?

>

자네, 이 모진 아픔에 잠들 수 있겠는가?
자네, 이 무거운 더위에 숨 쉴 수 있겠는가? 그리고 아직도
오는 아침 우리는 정말 건전할 수 있겠는가?

오오, 몸을 일으키어 두 팔을 걷어라.
그리하여 네 손에 닿는 모든 것을 잡아,
이 졸음과 생각을 다 한데 깨치고,
바로 우리 병들고 수척한 육신을 쥐어뜯는
밤의 미운 초병단(哨兵團)을 향하여,
주검으로써 야격(夜擊)에 일어서라.

만일 우리가
자네와 그 아류들이 말하는 거룩한 철리(哲理)를 좇는다면,
닭이 홰를 치고 바자 밑에 울며
이놈의 일족이 밤과 더불어 숲속에 물러갈 그때,
우리들은 두엄이 되어 굴욕의 들판에 넘어졌을 것이다.

>

나는
우리들의 육신을 뜯기지도 않고
우리들을 헛되어 늙히지도 않는
그렇게 착한 여름밤이 있다는 신화와 함께
내일을 위하여 맘의 아픔에 종용하라는
그 거룩한 철리를 믿을 수는 없다.

옛 책

무더운 여름 한밤의 깊은 어둠이
모색(摸索)의 힘든 노동에 오래 시달린
내 노력의 전신을 지긋이 누른다.

꺼칠한 눈썹 아래 푹 꺼진 두 눈,
한 끝이 먼 희망의 항구로 닿아 있어,
아이 때 쫓던 범나비 자취처럼
잡힐 듯 말 듯 젊은 날의 긴 동안을 고달피던
꿈길 아득한 옛 기억의 맵고 쓴 나머지를
다시 그러모아 마음의 헌 누각을 중수(重修)하려
몇 번 힘을 내고 눈알을 굴려 방 안의 좁은 하늘을 헤매었는가?

그러나
검은 눈썹은 또다시 피로에 떨면서,
길게 눈알을 덮고,
주검의 억센 품 안에서 몸을 떨쳐 헤어나려

오늘도 어제와 같이 고된 격투에 시달린 육신은
푸근히 식은 땀의 샘을 터치며
쭉 자리 위에 네 활개를 내어던진다.

그러면 벌써 나의 배는 파선하고 마는 것일까?
한 조각의 썩은 널조차 나를 돌보지 않고,
그것 없이는, 정말로 그것 없이는,
평탄한 뭍에서도 온전히 그 길을 찾을 수 없는
진리에로 향한 한 오리 가는 생명의 줄까지도
인제는 정말로 끊어져,
손을 들어 최후의 인사를 고하려는가?
오오, 한 줌의 초라한 내 머리를 실어 오랜 동안,
한마디 군소리도 없이 오직 나를 위하여 충실하던 내 조그만 베개
반딧불만 한 희망의 빛깔에도 불길처럼 타오르고,
풀잎 하나 그 앞을 가리어도 천 오리 머리털이 활줄같이 울던

청년의 마음을 실은 내 탐탁한 거루인 네가
이제는 저무는 가을의 지는 잎 되어 거친 파도 가운데 엎드러지면서,
그 최후의 인사에 공손히 대답하려는가?
나는 다시 한번 온몸의 격렬한 전율을 느끼며,
춥고 바람 부는 삼동의 긴 겨울밤,
그렇게도 잘 새벽 나루로 나를 나르던,
내 착하고 충성된 거루의 긴 항행(航行)을 회상한다.
굴욕의 분함이 나를 땅바닥에 메다쳤을 제도,
너는 보복의 뜨거운 불길을 가지고 나를 일으키었고,
패퇴의 매운 바람결이
내 마음의 엷은 피부를 찢어,
절망의 깊은 골짝 아래 풀잎같이 쓰러뜨렸을 그때에도,
너는 어머니와 같이 나를 달래어 용기의 귀한 젖꼭지를 빨리면서,
아침해가 동쪽 산머리에 벙긋이 웃을 때,
이르지도 않게 늦지도 않게 새벽 항구로 나를 날랐었다.

>

지금
우리들 청년의 세대의 괴롭고 긴 역사의 밤,
검은 구름이 비바람 몰고 노한 물결은 산더미 되어,
비극의 검은 바다 위를 달리는 오늘
그 미덥던 너도 돛을 버리고 닻줄을 끊어,
오직 하늘과 땅으로 소리도 없는 절망의 슬픈 노래를 뜯어,
가만히 내 귓전을 울린다.

오오, 이것이 청년인 내 주검의 자장가인가?

나는 참을 수 없는 침묵에서 몸을 빼어 뒤척일 때,
거칠 손에 닿는 조그만 옛 책자를 머리맡에서 집었다.

책장은 예와 같이 활자의 종대(縱隊)를 이끌고,
비스듬히 내 손에서 땅을 향하여 넘어간다.

이곳저곳에 굵게 내리그은 붉은 줄,
틈틈이 빈 곳을 메운 낯익은 내 서툰 글씨,
나는 방 안 그뜩이 나를 사로잡은 침묵의 성(城)돌을 빼는,
그 귀여운 옛 책의 날개 소리에 가만히 감사하면서,
프르륵 최후의 한 장을 헛되이 닫칠 때,
나는 천지를 흔드는 포성에 귓전을 맞은 듯,
꽉 가슴에 놓인 빙낭(氷囊)을 부여잡고 베개의 깊은 가슴에 머리를 파묻었다.

N. L. 저(著)『1905년의 의의』

1905년!
1905년!

베개는 노래의 속삭임이 아니라, 위대한 진군의 발자국 소리를,

어둠은 별빛의 실이 아니라, 태양의 타는 열과 눈부신 광채를,
고요한 내 병실에 허덕이는 내 가슴속에 들어붓고 있다.

저 긴, 긴 북국의 어두운 밤,
얼마나 더럽고 편하게 그자들은 살고,
얼마나 깨끗하고 괴롭게 그들은 죽었는가?
밝은 것까지도 밤의 질서로 운행되어 가는
이 괴롭고 긴 밤,
주검까지도 사는 즐거움으로 부둥켜안은 청년의 아픈 행복을,
나는 두 눈을 감아 아직도 손바닥 밑에 고요히 뛰고 있는,
내 정열의 옛집에서 똑똑히 엿들었다.

골프장

까만 발들이 바쁘게 지나간다.
이슬방울이 우수수 떨어지며,
흙 새에 끼었던 흰 모래알이
의붓자식처럼 한 귀퉁이에 밀려난다.
그러면 어린 풀잎들이 느껴 운다.

뭐, 인젠 그 연한 풀잎이
알몸으로 뙤약볕을 쏘여야 하니까……
정말 가는 이파리들은 아직 나이 어려도,
염천 아래서 찌는 듯한 폭양을 온종일 받아야 할 쓰라림을 잘 알고 있다.

외국말을 쓴 세도난 다홍 기가
승리자처럼 흰 깃대 위에 너울거린다.
흘러가는 흰 구름이나 엷은 바람,
모두가 그에겐 행복스런 음악 같다.

>

딱! 모진 소리가 까만 저 끝에서,
푸른 하늘의 파문을 일으키며 울려 온다.
기다란 커브가 끝나자
패랭이의 분홍 꽃, 클로버의 긴 줄기,
모두 다 사태에 밀리듯 쓰러지며,
너희들은 사냥개처럼 풀밭 위를 뛰어간다.
뒤이어 짜그르르 끓는 손뼉 소리에 섞여,
신여성의 외국말이 고양이 소리처럼 날카롭다.
참말 등나무 시렁 밑이란 무척 시원하렷다.

해는 벌써 버드나무 위에 이글이글하다.
그 위를 달리고 있는 까만 머리 아래 가는 목덜미 마른 장등이*가 가죽처럼 탔구나!
잠방이만 입고, 아이들아! 너희는 저고리를 잊었니?
아하! 궁둥이가 뚫어졌구나.
그럼 필연코 너희들은 해진 잠방이밖엔 없던 게구나.

>

바가지 모자를 쓴 신사 어른들도 잠방이를 입었다.
허나 누런 빛 월천군이 바지는
몹시 값진 옷감이다.
그이들이 아까 공채를 둘러메고 자동차로 왔다.
물론 신여성이 어깨에 매어달려 달게 웃고,
너희를 욕하던 뽀이 놈이 날아갈 듯 인사를 했다.

월천군이가 도렝이* 먹은 개처럼 몸을 비틀면,
「어쩌면 저렇게 스타일이?」……
뽀이 놈은 아가리를 벌리고, 신여성은 고양이 소릴 치며 술잔을 든다.
이래서 담뱃대 같은 공채가 땅만 긁다가 비뚜로라도 공을 맞히면,
만세! 소리 박수 소리 찢어지는 여자의 목소리 똑 가축 시장 같다.

별로 공이 가본 일도 없는 싱거운 〈삼백 야드〉 말뚝이,

어제 정신을 잃고 집으로 업혀 간,
그 애의 이마를 깠구나.
죄 없는 풀이파리가 함부로 짓밟히고,
너희들은 홧김에 말뚝을 걷어찼다.
그때도 이놈의 손뼉과 웃음은 멎지 않았다.
아마 그들은 이런 유별난 병에 걸렸나 보다.

아이들아, 너희들은 공을 물어 오는 사냥개!
월천군들은 눈먼 포수!
그러나 사냥개란 집에서 놀릴 때도 고기를 주지만,
그렇게 너희들은 온종일 마당에 풀만 뜯다
비를 맞으며 강아지처럼 달달 떨고,
둑을 넘어서 집으로 가 내놓을 것이란 빈손뿐이니, 들앉았던 아버지는 화를 내실밖에?
그럼 너희들은 이곳에 놀러 온 것은 아니로구나.

이곳은 어른들이 장난하는 곳,

공이란 놈은 너희들의 설운 속도 모르고,

제 갈 데로 떴다 굴렀다 달아만 난다.

누가 알까? 넘어지는 풀잎의 아픔이나 너희들의 설움을!

멀리 가면 멀리 갈수록 좋아라 즐겨 하는 월천군이 신여성의 마음은 공보다 더하다.

아이들아! 너희들의 운명은 공보다도 천하구나?

왜 이렇게 넓은 곳에 곡식을 심지 않았을까? 고개를 갸웃거리며 물어보던 네 아우에게,

착한 아이들아! 너희들은 무어라 대답했니?

이곳은 우리들의 미움을 심는 곳!

그리고…… 가만히 귓속해 줄 제 고운 풀잎들은 즐거움에 떨었다.

네 귀여운 동생은 네 가슴에 안기며 머리를 꼭 박고 언니, 우리 한 푼도 쓰지 말고 아빠 갖다가 줍시다…….

네 불쌍한 동생은 눈깔사탕을 단념했다.

>

아이들아! 내 아이들아!
만일 우리가 할 수 있는 무엇이 있다면,
대체 무엇을 아끼겠는가? 너희들의 행복을 위하는데……

해님까지도 그 큰 입을 벌리어 말하지 않니?
이따위 일은 두 번 다시 있어서는 안 된다고.

다시 네거리에서

지금도 거리는
수많은 사람들을 닞고 보내며,
전차도 자동차도
이루 어디를 가고 어디서 오는지,
심히 분주하다.

네거리 복판엔 문경의 신식 기계가
붉고 푸른 예전 깃발 대신에
이리저리 고개를 돌린다.
스톱 — 주의(注意) — 고 —
사람, 차, 동물이 똑 기예 배우듯 한다.
거리엔 이것밖에 변함이 없는가?

낯선 건물들이 보신각을 저 위에서 굽어본다.
옛날의 점잖은 간판들은 다 어디로 갔는지?
그다지도 몹시 바람은 거리를 씻어 갔는가?
붉고 푸른 네온이 지렁이처럼,

지붕 위 벽돌담에 기고 있구나.

오오, 그리운 내 고향의 거리여! 여기는 종로 네거리,
나는 왔다, 멀리 낙산(駱山) 밑 오막살이를 나와 오직 네가 네가 보고 싶은 마음에……
넓은 길이여, 단정한 집들이여!
높은 하늘 그 밑을 오고 가는 허구한 내 행인들이여!
다 잘 있었는가?
오, 나는 이 가슴 그득 찬 반가움을 어찌 다 내토를 할까?
나는 손을 들어 몇 번을 인사했고 모든 것에게 웃어 보였다.
번화로운 거리여! 내 고향의 종로여!
웬일인가? 너는 죽었는가, 모르는 사람에게 팔렸는가?
그렇지 않으면 다 잊었는가?
나를! 일찍이 뛰는 가슴으로 너를 노래하던 사내를,
그리고 네 가슴이 메어지도록 이 길을 흘러간 청년들의 거센 물결을,

그때 내 불쌍한 순이는 이곳에 엎뎌져 울었었다.

그리운 거리여! 그 뒤로는 누구 하나 네 위에서 청년을 빼앗긴* 원한에 울지도 않고,

낯익은 행인은 하나도 지나지 않던가?

오늘 밤에도 예전같이 네 섬돌 위엔 인생의 비극이 잠자겠지!

내일 그들은 네 바닥 위의 티끌을 주우며……

그리고 갈 곳도 일할 곳도 모르는 무거운 발들이

고개를 숙이고 타박타박 네 위를 걷겠지.

그러나 너는 이제 모두를 잊고,

단지 피로와 슬픔과 거먼 절망만을 그들에게 안겨 보내지는 설마 않으리라.

비록 잠잠하고 희미하나마 내일에의 커다란 노래를

그들은 가만히 듣고 멀리 문밖으로 돌아가겠지.

•

•

•

•

•*

간판이 죽 매어달렸던 낯익은 저 이층 지금은 신문사의 흰 기가 죽지를 늘인 너른 마당에,

장꾼같이 웅성대며, 확 불처럼 흩어지던 네 옛 친구들도

아마 대부분은 멀리 가버렸을지도 모를 것이다.

그리고 순이의 어린 딸이 죽어 간 것처럼 쓰러져 갔을지도 모를 것이다.

허나, 일찍이 우리가 안 몇 사람의 위대한 청년들과 같이,

진실로 용감한 영웅의 단(열[熱]한) 발자국이 네 위에 끊인 적이 있었는가?

나는 이들 모든 새 세대의 얼굴을 하나도 모른다.

그러나 〈정말 건재하라! 그대들의 쓰린 앞길에 광영이

있으라〉고

원컨대 거리여! 그들 모두에게 전하여 다오!

잘 있거라! 고향의 거리여!

그리고 그들 청년들에게 은혜로우라,

지금 돌아가 내 다시 일어나지를 못한 채 죽어 가도

불쌍한 도시! 종로 네거리여! 사랑하는 내 순이야!

나는 뉘우침도 부탁도 아무것도 유언장 위에 적지 않으리라.

낮

내가 자동차에 실려 유리창으로 내다보던 저 건너 동산도
벌써 분홍빛 저고리를 벗어 던지고,
널따란 푸른 이파리가 물고기처럼 흰 뱃바디를 보이면서,
제법 자랐소* 하는 듯이 너울거린다.
어느새 여름도 짙었는가 보다.

그러기에 내가 이 절에 올 때엔,
겨우 터를 닦고 재목을 깎던 집들이
벌써 기둥이 서고 지붕이 덮이어,
영을 깔고 용마름을 펴는 일꾼이 밀짚모자를 썼지.

두드러지게 잘된 장다리 밭머리를
곱게 다린 항라 적삼을 떨쳐입고,
꽁지가 빨간 잠자리란 놈이 의젓이 날고 있다.

밭머리에 서 있는 싱거운 포플라나무가

헙수룩한 제 그림자를 동그란히 접어 안고,
산 너머 방적회사의 목멘 고동이
서울 온 촌 아기들을 식당으로 부를 때,
아주 소리개 모양으로 떠돌아도 보고,
물을 차는 제비나 된 듯 내달으며 넘놀아도 보던,
잠자리 녀석들도 꼬리를 오그리고 죽지를 끌며,
장다리가 세로 가로 쓰러져 있는 밭 가운데로,
졸리는 듯 내려앉는다.
정말 요새 뙤약볕이란 돌도 녹일까 보다.

후끈한 바람이 진한 거름내를 풍기며,
나무 끝을 건드리고 밭 위를 지나간다.
벌 떼가 몇 개 안 남은 무색한 보랏빛 꽃수염을
물었다 놓고, 놓았다 물며,
왕 왕 날개를 울리면서 해갈을 한다.
호랑나비는 들어가면 눈이 먼다는 독한 가루를 잔뜩 신고 아롱거린다.

>

꼬리를 건드리고 머리를 만져도
저 잠자리란 녀석은 다시 일지를 않으니,
졸고 있나, 그렇지 않으면 인제 벌써 죽었나?

거미줄채를 손에 든 선머슴 아이들이
신발을 벗어 들고 성큼 발소리를 죽여 가며,
한 걸음 두 걸음 곧 손이 그곳에 미칠 텐데,
오, 저런 망한 녀석들의 심술궂은 눈 좀 보게.

어쩌면……
고렇게 꼿꼿하고 고운 두 날개,
빨간 빛깔이 기름칠한 것처럼 윤택 나는 날씬한 체구가
어찌 될지!
어째 맵기 당추 같은 고추짱아*의 마음도 모르고 있을까?
앵두꽃 진 지가 얼마나 된다고 요만한 뙤약볕에,
짱아야, 벌써 〈호박〉처럼 맑던 네 눈도 어두워졌니?

녹음의 짙은 물결이 들 가득 밀려오고 밀려간다.
동산은 어른처럼 말없이 잠잠하다.
아마 연연한 봄의 고운 배는 벌써 엎어졌나 보다.
정말 이 따가운 뙤약볕의 소나기 통에,
굳은 날개도 두터운 비름 이파리도 다 또 일 수 없이 풀이 죽고 말았을까?

골짜기 속에서 낮잠을 자던 게으른 풀숲에,
젊은 꾀꼬리가 한 마리 푸드득 나뭇잎을 걷어차고,
고요한 침묵의 망사를 찢고 하늘로 날아갔다.

오오, 고마워라, 얼마나 고마울까!
문득 나는 이 조그만 괴로운 꿈을 깨어,
단장을 의지하여 허리를 펴서 뒷산을 보았다.

숲 사이에 원추리가 한 떨기 재나 넘은 보름달처럼,
음전히 머리를 쳐들고,

꾀꼬리가 남긴 노랫곡조의 여음을 듣고 있지 않은가!

나는 무거운 다리를 이끌어 산비탈을 올라가면서,
〈꿈꾸지 말고 시대의 한가운데로 들어오라〉는 식물들의 흔드는 손을 보았다.
〈너는 아직도 죽지 않았었구나〉 하고,
원추리가 다정스러이 웃는 얼굴을 보았다.
나는 잠깐 얼굴을 붉히고 머리를 숙였다가
다시 고운 나비와 무성한 식물들의 겨우살이를 생각하며 고개를 들었다.

그때 나는 아직 살아 있는 행복이 물결처럼 가슴에 복받침을 느끼었다.

강가로 가자

얼음이 다 녹고 진달래 잎이 푸르러도,
강물은 그 모양은커녕 숨소리도 안 들려준다.

제법 어른답게 왜버들가지가 장마철을 가리키는데,
빗발은 오락가락 실없게만 구니 언제 대하(大河)를 만나 볼까?

그러나 어느덧 창밖에 용구새*가 골창이 난 지 십여 일,
함석 홈통이 병사(病舍) 앞 좁은 마당에 뒹구는 소리가 요란하다.

나는 침대를 일어나 발돋음을 하고 들창을 열었다.
답답해라, 고성(古城) 같은 백씨(白氏) 기념관만이 비어 젖어 묵묵하다.

오늘도 파도를 이루고 거품을 내뿜으며 대동강은 흐르겠지?

일찍이 고무의 아이들이 낡은 것을 향하여 내닫던 그때와 같이

흐르는 강물이여! 나는 너를 부(富)보다 사랑한다.
〈우리들의 슬픔〉을 싣고 대해로 달음질하는 네 위대한 범람을!

얼마나 나는 너를 보고 싶었고 그리웠는가?
그러나 오늘도 너는 모르는 척 저 뒤에 숨어 있다. 누운 나를 비웃으며,

정말 나는 다시 이곳에서 일지를 못할 것인가?
무거운 생각과 깊은 병의 아픔이 너무나 무겁다.

오오, 만일 내가 눈을 비비고 저 문을 박차지 않으면,
정말 강물은 책 속의 진리와 같이 영원히 우리들의 생활로부터

인연 없이 흐를지도 모르리라.

누구나 역사의 거센 물가로 다가서지 않으면,
영원히 진리의 방랑자로 죽어 버릴지 누가 알 것인가?
청년의 누가 과연 이것을 참겠는가? 두말 말고 강가로 가자,
넓고 자유로운 바다로 소리쳐 흘러가는 저 강가로!

들

눈알을 굴려 하늘을 쳐다보니,
참 높구나, 가을 하늘은
멀리서 둥그런 해가 네 까만 얼굴에 번쩍인다.

네가 손등을 대어 부신 눈을 문지를 새,
어느 틈에 재바른 참새 놈들이
푸르르 깃을 치면서 먹을 콩이나 난 듯,
함빡 논 위로 내려앉는다.

훠어! 손뻭을 치고 네가 줄을 흔들면,
벙거지를 쓴 거먼 허수아비 착하기도 하지,
언제 눈치를 챘는지, 으쓱 어깻짓을 하며 손을 젓는다.

우! 우! 건넛말 네 동무들이 풋콩을 구워 놓고,
산모퉁이 모닥불 연기 속에 두 손을 벌려 너를 부르는구나!

>

얼싸안고 나는 네 볼에 입 맞추고 싶다.
한 손을 젓고 말없이 웃어 대답하는
오오, 착한 네 얼굴.

들로 불어오는 바람이라고 어찌 마음이 없겠니?
덥고 긴 여름 동안 여위어 온 네 두 볼을 어루만지고 지나간다.
철둑에 선 나뭇잎들마저 흐드러져 웃는구나!

지금 네 눈앞에 허리를 굽혀 인사하는,
오지게 찬 벼 이삭이 누렇게 여물어 가듯,
푸르고 넓은 하늘 아래 자유롭게 너희들은 자라겠지……

자라거라! 자라거라, 초목보다도 더 길길이.
오오! 그렇지만 내 목이 메인다.

>

바람이 불어온다.
수수밭 콩밭을 지나 네 논두둑 위로,
참새를 미워하는 네 마음아,
한 톨의 벼알을 뉘 때문에 아끼는가?

가을바람

나뭇잎 하나가 떨어지는데,
무어라고 네 마음은 종이 풍지처럼 떨고 있니?
나는 서글프구나 해맑은 유리창아!
그렇게 단단하고 차디찬 네 몸,
어느 구석에 우리 누나처럼 슬픈 마음이 들어 있니?

참말로 누가 오라고나 했나?
기다리기나 한 것처럼 달아 와서,
그리 마다는 나뭇잎새를 훑어 놓고,
내 아기는 유리창을 울리며 인사를 하게.

너는 그렇게 정말 매몰하냐?
그렇지만 나는,
영리한 바람아, 네가 정답다.
재작년, 그리고 더 그 전해에도, 가을이 올 적마다,
곁눈 하나 안 떠보고, 내가 청년의 길에 충성되었을 때,
내 머리칼을 날리던 너는, 우렁찬 전진의 음악이었다.

앞으로! 앞으로! 누가 퇴각이란 것을 꿈에나 생각했던가?

눈보라가 하늘에 닿은 거친 벌판도 승리에의 꽃밭이었다.

오늘……

오래된 집은 허물어져 옛 동간들은 찬 마루판 위에 얽매어 있고,

비열한들은 이상과 진리를 죽그릇과 바꾸어,

가을비가 낙엽 위에 찬데,

부지런한 너는 다시 그때와 같이 내게로 왔구나!

정답고 영리한 바람아!

너는 내 마음이 속삭이는 말귀를 들을 줄 아니, 왜 말이 없느냐?

필연코 길가에서 비열한들의 군색한 푸념을 듣고 온 게로구나!

입이 없는 유리창이라도 두드리니깐 울지 않니?

마음 없는 낙엽조차 떨어지면서, 제 슬픔을 속이지는 않는다.

짓밟히고 걷어채이면서도, 웃으며 아첨할 것을 잊지 않는 비열한들을,

보아라! 영리한 바람아, 저 참말로 미운 인간들이,

땅에 내던지는 한 그릇 죽을 주린 개처럼 쫓지 않니?

불어라, 바람아! 모질고 싸늘한 서릿바람아, 무엇을 거리끼고 생각할까?

너는 내 가슴에 괴어 있는 슬픈 생각에도 대답지 말아라.

곧장 이 평양성의 자욱한 집들의 용마루를 넘어,

숲들이 흐득이고 강물이 추위에 우는 겨울 벌판으로……

겨울이 오면 봄은 멀지 않았으니까……

벌레

사람들이 말하기를,
벌레는 하등동물이다.
참말로 이것을 의심할 수야 없는 것이다.

하룻날
가을바람과 함께 오지게 익어 가는 논배미 좁은 길을,
이슬진 풀잎을 걷어차며 바닷가에 나아가니,
벌써 제철을 보낸 늙은 벌레가 하나,
새로 쌓아 올린 매축지 시멘트 벽을 기어가다,
나를 보고 놀라기나 한 듯,
소스라쳐 물속으로 뒹굴어 떨어진다.

텀벙…… 지극히 조그만 소리가 나면서 엷은 파문이
마치 못 이기어 인사치레나 하듯 스르르 퍼진다.

그러나 물결이 한번 돌을 치고 물러갈 때
바다는 아까와 다름없이 아침 햇발을 눈부시게 반사한다.

아직 아무도 밟아 본 듯싶지 않은 정한 돈대* 위에,
좁쌀 같은 새까만 똥알이 여나믄 나란히 벌려 있었다.

이것은 충분히 늙은 벌레가 죽음으로 가던 길이면서,
그가 아직도 살았었노라 하던,
최후의 유물임을 누가 의심할까.

네가 한 마리 이름 없는 벌레와 다른 게 무엇이냐.
고지식한 마음이 제출하는 질문의 대답을 찾으려고,
한참을 머뭇거리다 하늘을 향하여 고개를 들었을 제,
심히 노한 태양의 표정에
두 손으로 나는 얼굴을 가리었다.

이때 물결이 어머니처럼 이르기를,
사람은 봄에 났다 가을에 죽는 벌레는 아니니라.

벌레도

밟으면 꿈틀한다는 속담도 이젠 소용이 없는가?
포구 저쪽으로 물결은 돌아갔다.

안개 속

하늘 땅 속속들이
먹 위에 먹을 갈아 부었다.
발부리조차 안 뵌다만,
나는 아직 외롭지 않다.

비가 흩뿌리더니,
우레가 요란하고,
번개가 날카롭고,
드디어 내 잠자는 마을,
뭇 집 들창이 캄캄하다.
길가 불들도 꺼졌다.
별도, 달도,…….

밀물처럼 네가 쓸려 와,
다시는 불도
내일 낮도 없을 듯하더라만,
나의 마을 사람들은 대견하더라!

앞을 다투어 깜북깜북

여러 들창이 환하니
흐득임을 보아,
오므라졌다 펴는 불촉이 분명타.

길 가는 나그네들이
나비 떼처럼 불가로 찾아든다.
볼이 패이고 뺏골이 드러났다.
별빛보다 희미한 들창이
그들의 역력한 고난을 비춘다.
정녕 몇 사람을
너는 험한 길 위에 죽였을 게다.

네 손은 아귀가 세고 끈끈하다.
부썩 힘을 주어 움키면,
아무것이고 다 부여잡히리라만,

모래알처럼
손가락 틈을 새는 것이 있으리라.
꼭 쥐면 쥘수록 틈이 번다.
안개 낀 밤에는
호롱불이 보름달 같으니라.

물론 나그네들이야 집도 없고 길도 멀다.
그 대신 희망이 꽉 찼더라.
눈동자는 굴속 같아야,
한 점 불이 별 같고,
가슴은 한층 밝아,
밤새도록 환히 아름답더라.
나야 눈마저 흐리다만,
아직 외롭지 않다.

일년

나는 아끼지 않으련다.
낙엽이 저 눈발이 덮인
시골 능금나무의 청춘과 장년을……
언제나 너는 가고 오지 않는 것.

오늘도 들창에는 흰 구름이 지나가고,
참새들이 꾀꼬리처럼 지저귄다.
모란꽃이 붉던 작년 오월,
지금은 기억마저 구금되었는가?

나의 일 년이여, 짧고 긴 세월이여!
노도(怒濤)에도, 달큼한 봄바람에도,
한결같이 묵묵하던 네 표정을 나는 안다,
허나 그렇게도 일 년은 정말 평화로웠는가?

〈피녀(彼女)〉는 단지 희망하는 마음까지
범죄 그 사나운 눈알로 흘겨본다.

나의 삶이여! 너는 한바탕의 꿈*이려느냐?
한 간 방은 오늘도 납처럼 무겁다.

재바른 가을바람은 머지않아,
버들잎을 한 웅큼 저 창 틈으로,
지난해처럼 훑어 넣고 달아나겠지,
마치 올해도 세계는 이렇다는 듯이.

그러나 한 개 여윈 청년은 아직 살았고,
또다시 우리집 능금이 익어 가을이 되리라.
눈 속을 스미는 가는 샘이 대해에 나가 노도를 이룰 때,
일 년이여, 너는 그들을 위하여 군호를 불러라.

나는 아끼지 않으련다, 잊혀진 시절을.
일 년 평온무사한 바위 아래 생명은 끊임없이 흘러간다.
넓고 큰 대양의 앞날을 향하여,
지금 적막한 여로를 지키는 너에게 나는 정성껏 인사한다.

하늘

감이 붉은 시골 가을이
아득히 푸른 하늘에 놀 같은
미결사의 가을 해가 밤보다도 길다.

갔다가 오고, 왔다가 가고,
한 간 좁은 방 벽은 두터워,
높은 들창가에
하늘은 어린애처럼 찰락거리는 바다.
나의 생각고 궁리하던 이것저것을,
다 너의 물결 위에 실어,
구름이 흐르는 곳으로 띄워 볼까!

동해 바닷가의 작은 촌은,
어머니가 있는 내 고향이고,
한강 물이 숭얼대는
영등포 붉은 언덕은,
목숨을 바쳤던 나의 전장.

>

오늘도 연기는
구름보다 높고,
누구이고 청년이 몇,
너무나 좁은 하늘을
넓은 희망의 눈동자 속 깊이
호수처럼 담으리라.

벌리는 팔이 아무리 좁아도,
오오! 하늘보다 너른 나의 바다.

최후의 염원

얼마나 크고,
얼마나 두려운 힘이기에,
세월이여! 너는
나를 이곳으로 이끌어 왔느냐?

밀치고, 또
박차고 하면,
급기야 나는
최후의 항구로 외로이
돌아오지 않는 손이 되리라만,
낙일(落日)이여! 나에겐,
아직 한마디 말이 있다.

참말 머리 위엔
별 하나 없고,
어둔 하늘이
홍수처럼

산하를 덮어,
한 자국 발길조차
나의 고향을
밟을 수가 없다면,

아아, 꺼지려는 눈아!
네 빛이 흐리기 전에,
차라리 나는
호화로이 밤하늘에 흩어지는
오색 불꽃에,
아름다운 운명을
배우련다.

최후의 염원이여!
너는 나의
즐거움이냐? 슬픔이냐?

주유(侏儒)의 노래

나의 마음은 괴롭노라……
제군은 나의 이런 탄식을 좋아한다.

어쩌다 나의 노래가 울음이 될 양이면,
제군은 한층 더 나를 사랑한다.

오! 하고 외마디 소리를 지르면,
제군은 벌써 열광하고 있다.

물론 나는 잘 안다.
제군들이 비극을 사랑하는 높은 취미를…….

막(幕) 끝이 되면 주인공은 병아리처럼 쓰러지고,
제군은 고조된 비극미에 취할 듯하다.

하물며 비극의 종말이 가져오는 일장(一場)의 희극,
제군, 요컨대 나의 말로를 보고 싶다는 게지!

>

경애하는 제군, 만일 시저가, 결코 제군이 아니라, 시저가,
성병(聖餠)의 맛을 경계했다면, 파탄은 좀 더 연기되었을지도 모른다.

또 한 번, 아니, 얼마든지 말해 줄까?
제군, 실로 나의 마음은 괴롭노라.

적

—네 만일 너를 사랑하는 자를 사랑하면 이는 사랑이 아니니라.
너의 적을 사랑하고 너를 미워하는 자를 사랑하라. 『복음서』

1

너희들의 적을 사랑하라—
나는 이때 예수교도임을 자랑한다.

적이 나를 죽도록 미워했을 때,
나는 적에 대한 어찌할 수 없는 미움을 배웠다.
적이 내 벗을 죽음으로써 괴롭혔을 때,
나는 우정을 적에 대한 잔인으로 고치었다.
적이 드디어 내 벗의 한 사람을 죽였을 때,
나는 복수의 비싼 진리를 배웠다.
적이 우리들의 모두를 노리었을 때,
나는 곧 섬멸의 수학을 배웠다.

적이여! 너는 내 최대의 교사,
사랑스런 것! 너의 이름은 나의 적이다.

2

때로 내가 이 수학 공부에 게을렀을 때,
적이여! 너는 칼날을 가지고 나에게 근면을 가르치었다.
때로 내가 무모한 돌격을 시험했을 때,
적이여! 너는 아픈 타격으로 전진을 위한 퇴각을 가르치었다.

때로 내가 비겁하게도 진격을 주저했을 때,
적이여! 너는 뜻하지 않은 공격으로 나에게 전진을 가르치었다.
만일 네가 없으면 참말로 사칙법(四則法)도 모를 우리에게,
적이여! 너는 전진과 퇴각의 고등 수학을 가르치었다.

패배의 이슬이 찬 우리들의 잔등 위에 너의 참혹한 육박이 없었다면,

적이여! 어찌 우리들의 가슴속에 사는 청춘의 정신이 불탔겠는가?

오오! 사랑스럽기 한이 없는 나의 필생의 동무
적이여! 정말 너는 우리들의 용기다.

너의 적을 사랑하라!
복음서는 나의 광영이다.

지상의 시

태초에 말이 있느니라……
인간은 고약한 전통을 가진 동물이다.
행위하지 않는 말,
말을 말하는 말,
이브가 아담에게 따준 무화과의 비밀은,
실상 지혜의 온갖 수다 속에 있었다.

포만의 이야기로 기아를,
천상의 노래로 지옥의 고통을,
어리석게도 인간은 곧잘 바꾸었었다,
그러나 지상의 빵으로 배부른 사람은
과연 하나도 없었던가?
신성한 지혜여! 광영이 있으라.

온전히 운명이란, 말 이상이다.
단지 사람은 말할 수 있는 운명을 가진 것,
운명을 이야기할 수 있는 말을 가진 것이,

침묵한 행위자인 도야지보다 우월한 점이다.
말을 행위로,
행위를 말로,
자유로 번역할 수 있는 기능,
그것이 시의 최고의 원리.
지상의 시는
지혜의 허위를 깨뜨릴 뿐 아니라,
지혜의 비극을 구한다.
분명히 태초의 행위가 있다…….

너 하나 때문에

오직 있는 것은
광영 하나뿐이고,
정녕 굴욕이란 없는가?
있어도 없는 것인가?
만일 싸움만 없다면…….

그러나 싸움이 없다면,
둘이 다 없는 것,
싸움이야말로
광영과 굴욕의 어머니,
모든 것 가운데 모든 것.

패배의 피가
승리의 포도주를 빚는 것도,
굴욕이
광영의 향료를 꺼내는 것도,
모두 다 싸움의 넓은 바다.

>

바다는
넓이도 깊이도 없어,
승리가 실컷
제 즐거움의 진주를 떠내고,
패배가 죽도록
제 아픔의 고귀한 값을 알아내는 곳.

회복될 수 없는
굴욕의
—제군은 이 말의 의미를 아는가?
아프고 아픈 상처가,
붉은 피가
장미 떨기처럼 피어나는 곳.

아아! 너 하나, 너 하나 때문에,
나는 굴욕마저를 사랑한다.

홍수 뒤

하나도 아니었고,
둘도 아니었다.

활개를 젓고 건너가,
죽지를 늘이고 돌아온
이 항구의 추억은,
참말 열도 아니었다.

그러나 굳건하던
작고 큰 집들이
터문도 없이 휩쓸려 간
홍수 뒤,
황무지의 밤바람은
너무도 맵고 거칠어.

언제인가 하루 아침,
맑은 희망의 나발이었던

고동 소린 오늘 밤,
청춘의 구슬픈 매장의 노래 같아야,

고향의 부두를 밟는
나의 무릎은 얼듯 차다.

긴 밤차가 닫는 곳,
나의 벗들을 사로잡은
차디찬 운명 속에서도,
청년의 자랑은
꺼지지 않는 등촉처럼 밝았으면……

아아 이 하나로 나는
평생의 보배를 삼으련다.

야행차(夜行車) 속

사투리는 매우 알아듣기 어렵다.
하지만 젓가락으로 밥을 날라 가는 어색한 모양은,
그 까만 얼굴과 더불어 몹시 낯익다.

너는 내 방법으로 내어버린 벤또를 먹는구나.

「젓갈이나 걷어 가져올 게지……」
혀를 차는 네 늙은 아버지는
자리가 없어 일어선 채 부채질을 한다.
글쎄 옆에 앉은 점잖은 사람이 수건으로 코를 막는구나.

아직 멀었는가 추풍령은……
그믐밤이라 정거장 푯말도 안 보인다.
답답해라 산인지 들인지 대체 지금 어디를 지나는지?

〈나으리〉들뿐이라, 누구한테 엄두를 내어
물을 수도 없구나.

>

다시 한번 손목시계를 들여다보고 양복쟁이는 〈모를 말〉을 지저귄다.

아마 그 사람들은 모든 것을 다 아나 보다.

되놈의 땅으로 농사 가는 줄을 누가 모르나.

면소(面所)에서 준 표지를 보지, 하도 지척도 안 뵈니까 그렇지!

차가 덜컹 소리를 치며 엉덩방아를 찧는다.

필연코 어제 아이들이 돌멩이를 놓고 달아난 거다.

가뜩이나 무거운 짐에 너 그 사이다 병은 집어넣어 무얼 할래.

오호 착해라, 그래도 누이 시집갈 제 기름병을 하려고…….

노하지 마라 너의 아버지는 소 같구나.

빠가! 잠결에 기댄 늙은이의 머리를 밀쳐도,
엄마도 아빠도 말이 없고 허리만 굽히니……
오오, 물소리가 들린다 넓고 긴 낙동강에…….

대체 어디를 가야 이 밤이 샐까?
애들아, 서 있는 네 다리가 얼마나 아프겠니?
차는 한창 강가를 달리는지,
물소리가 몹시 정답다.
필연코 고향의 강물은 이 꼴을 보고 노했을 게다.

해협의 로맨티시즘

바다는 잘 육착한 몸을 뒤척인다.
해협 밑 잠자리는 꽤 거친 모양이다.

맑게 갠 새파란 하늘
높다란 해가 어느새 한낮의 커브를 꺾는다.
물새가 멀리 날아가는 곳,
부산 부두는 벌써 아득한 고향의 포구인가!

그의 발밑,
하늘보다도 푸른 바다,
태양이 기름처럼 풀려,
뱃전을 치고 뒤로 흘러가니,
옷깃이 머리칼처럼 바람에 흩날린다.

아마 그는
일본 열도의 긴 그림자를 바라보는 게다.
흰 얼굴에는 분명히

가슴의 로맨티시즘이 물결치고 있다.

예술, 학문, 움직일 수 없는 진리……
그의 꿈꾸는 사상이 높다랗게 굽이치는 동경(東京),
모든 것을 배워 모든 것을 익혀,
다시 이 바다 물결 위에 올랐을 때,
나는 슬픈 고향의 한밤,
홰보다도 밝게 타는 별이 되리라.
청년의 가슴은 바다보다 더 설레었다.

바람 잔 바다,
무더운 삼복의 고요한 대낮,
이천오백 톤의 큰 기선이
앞으로 앞으로 내닫는 갑판 위,
흰 난간가에 벗어제친 가슴,
벌건 살결에 부딪치는 바람은 얼마나 시원한가!

>

그를 둘러싼 모든 것,
고깃배들을 피하면서 내뿜는 고동 소리도,
희망의 항구로 들어가는 군호 같다.
내려앉았다 떴다 넘노니는 물새를 따라,
그의 눈은 몹시 한가로울 제
뱃머리가 빽! 오른편으로 틀어졌다.

훤히 트이는 수평선은 희망처럼 넓구나!
오오! 점점이 널린 검은 그림자,
그것은 벌써 나의 섬들인가?
물새들이 놀라 흩어지고 물결이 높다.
해협의 한낮은 꿈같이 허물어졌다.

몽롱한 연기,
희고 빛나는 은빛 날개,
우레 같은 음향,
바다의 왕자가 호랑이처럼 다가오는 그 앞을,

기웃거리며 지나는 흰 배는 정말 토끼 같다.

「반사이!」「반사이!」「다이닛……」……
이등 캐빈이 떠나갈 듯한 아우성은,
감격인가? 협위인가?
깃발이 마스트 높이 기어 올라갈 제,
청년의 가슴에는 굵은 돌이 내려앉았다.

어떠한 불덩이가,
과연 층계를 내려가는 그의 머리보다도
더 뜨거웠을까?
어머니를 부르는, 어린애를 부르는,
남도 사투리,
오오! 왜 그것은 눈물을 자아내는가?

정말로 무서운 것이……
불붙는 신념보다도 무서운 것이……

청년! 오오, 자랑스러운 이름아!
적이 클수록 승리도 크구나.

삼등 선실 밑
똥그란 유리창을 내다보고 내다보고,
손가락을 입으로 깨물 때,
깊은 바다의 검푸른 물결이 왈칵
해일처럼 그의 가슴에 넘쳤다.

오오, 해협의 낭만주의여!

밤 갑판 위

너른 바다 위엔 새 한 마리 없고,
검은 하늘이 바다를 덮었다.

앞으로 가는지, 뒤로 가는지,
배는 한곳에 머물러 흔들리기만 하느냐?

별들이 물결에 부딪쳐 알알이 부서지는 밤,
가는 길조차 헤아릴 수 없이 밤은 어둡구나!

그리운 이야 그대가 선 보리밭 위에 제비가 떴다.
깨끗한 눈가엔 이따금 향기론 머리칼이 날린다.
좁은 앙가슴이 비둘기처럼 부풀어올라,
동그란 눈물 속엔 설움이 사무쳤더라.

고향은 들도 좋고, 바다도 맑고, 하늘도 푸르고,
그대 마음씨는 생각할수록 아름답다만,
울음소리 들린다, 가을바람이 부나 보다.

>

낙동강 가 구포벌 위 갈꽃 나부끼고,
깊은 밤 정거장 등잔이 껌벅인다.

어머니도 있고, 아버지도 있고, 누이도 있고, 아이들도 있고,
건넛마을 불들도 반짝이고, 느티나무도 거멓고, 앞 내도 환하고,
벌레들도 울고, 사람들도 울고,

기어코 오늘 밤 또 이민열차(移民列車)가 떠나나 보다.

그리운 이야! 기약한 여름도 지나갔다.
밤바람이 서리보다도 얼굴에 차,
벌써 한 해 넘어 외방 별 아래 옷깃은 찌들었다.

굶는가, 앓는가, 무사한가?
죽었는가 살았는가도 알 수 없는

청년의 길은 참말 가혹하다.

그대 소식 나는 알 길이 없구나!

어느 누군 사랑엔 입맛도 잃는다더라만,
이 바다 위 그대를 생각함조차 부끄럽다.

물결이 출렁 밀려오고, 밀려가고,
그대는 고향에 자는가?
나는 다시 이 바다 뱃길에 올랐다.

현해(玄海) 바다 저쪽 큰 별 하나가 우리의 머리 위를 비출 뿐,
아무것도 우리의 마음을 모르진 않는다만,
아아, 우리는 스스로 명령에 순종하는 청년이다.

해상(海上)에서

가라앉듯 멀리
대마도 남단은 수평선 위에 스러졌다.

동그란 해가 어느새 붉게 풀려,
남쪽으로 남쪽으로 흐르는 곳,
드문드문 검은 점들은 유구(流球) 열도인가?

물새들도 어느새 검은 옷을 입어,
눈 선 나그네를 희롱틋 노니는구나!

아아! 불빛이 보인다.
어렴풋 관문 해협의 저녁 불들이
그 가운데는 붉고 푸른 불들도 있다.

연락선은 곤두설 듯 속력을 돋운다만,
인제 고향은 아득히 멀어졌고,
나는 저곳 산천의 이름도 못 들었다.

>

—정녕 이곳에 고향으로 가지고 갈 보배가 있는가?
—나는 학생으로부터 무엇이 되어 돌아갈 것인가?

가슴을 짚어 보아라,
하얗고 가는 손아,

누가 이러한 저녁
청년들의 가슴 위에 얹힌
떨리는 손에 흐르는
더운 맥박을 짐작겠는가.

태평양, 태평양 넓은 바다여!

일본 열도 저 위
지금 큰 별 하나가 번쩍였다.

내일 하늘엔 어떤 바람이 불 것인가?

>

배는 아직 바다 위에 떠 있고,
인제 겨우 동해도(東海道) 연선(沿線)의 긴 열차는 들어온 듯하나,

아아! 나는 두 손을 벌리어 하늘을 안고,
목적한 땅 위에 서 물결치는 태평양을 향하여
고함을 지른다.

황무지

도망해 나온 시골 어머니가
밤마다 머리맡에 울더라만,
끝내 나는 고향에 돌아가지 않았다.

어머니는 늙고 병들어 벌써 땅에 묻혔다.
그래야 나는 산소가 어디인지도 모른다.

…… 어머니도, 고향도,
　　나에게는 소용없었다.
　　나는 젊은 청년이다…….

자랑이 가슴에 그뜩하여,
배가 부산 부두를 떠날 때도,
고동 소리가 나팔처럼 우렁만 찼다.

어느 한구석 눈물이 있을 리 없어,
그 자리에 내 좋아하는 누이나 연인이 죽는대도,

왼눈 하나 깜짝할 것 같지 않았다.

그러나 이 강을 건너는 내 마음은,
웬일인지 소년처럼 흔들리고 있다.

차가 철교를 건너는 소리가 요란이야 하다,
그렇지만 엎어지려는 뱃간에서도,
나는 무릎 한 번 안 굽혔다.

대체 네가 무엇이기에,
아아! 메마른 들 헐벗은 산,
그다지도 너는 내게 가까웠던가!

벌써 강(江)판은 얼어,
너른 구포벌엔 황토 한 점 안 보인다.

눈발이 부연 하늘 아래,

나는 기차를 타고 추풍령을 넘어,
서울로 간다.
서울은 나의 고향에서도 천 리,
다만 나의 어깨의 짐을 풀 곳일 따름이다.

자꾸만 차창을 흔드는 바람 소린,
슬픈 자장가일까? 아픈 신음 소릴까?
―아이들을 기르고 어머니를 죽인,

아아! 오막들도 전보다 얕아지그,
인제 밤에는 호롱불 하나 없이 산단구나.

황무지여! 황무지여!
너는 아는가?
청년들이 어떤 열차를 탔는가를…….

향수(鄕愁)*

고향은
인제 먼 반도에
뿌리치듯
버리고 나와,

기억마저
희미하고,
옛일은
생각할수록
쓰라리다만,

아아! 지금은 오월
한창때다.

종달새들이
팔매 친 돌처럼
곧장

달아 올라가고,
이슬방울들이
조는,
초록빛 밀밭 위,
어루만지듯
미풍이 불면,
햇발들은
화분(花粉)처럼 흩어져.

두 손을 벌려,
호랑나비를 쫓던
도랑가의 꿈이,
아직도
어항 속에
붕어처럼
맑다만.

>

지금은 오월
한창때

소낙비가 지나간
도회의 포도(鋪道) 위
한 줌 물속에,

아아! 나는
오월의
푸른 하늘을 보며,
허위대듯
잊기 어려운
나비를 쫓고 있다.

내 청춘에 바치노라

그들은 하나도
어디 태생인질 몰랐다.
아무도 서로 묻지 않고,
이야기하려고도 안 했다.

나라와 말과 부모의 다름은
그들의 우정의 한 자랑일 뿐.
사람들을 갈라놓는 장벽이,
오히려 그들의 마음을
얽어매듯 한데 모아,

경멸과 질투와 시기와
미움으로밖엔,
서로 대할 수 없게 만든 하늘 아래,
그들은 밤바람에 항거하는
작고 큰 파도들이,
한 대양에 어울리듯,

>

그것과 맞서는 정열을 가지고,
한 머리 아래 손발처럼 화목하였다.

일찍이 어떤 피일지라도,
그들과 같은 우정을 낳지는 못했으리라.

높은 예지, 새 시대의 총명만이,
비로소 낡은 피로 흐릴
정열을 씻은 것이다.

오로지 수정 모양으로 맑은 태양이,
환하니 밝은 들판 위를
경주하는 아이들처럼, 그들은
곧장 앞을 향하여 뛰어가면 그만이다.

어미를 팔아 동무를 사러 간다는 등,
낡은 고향은 그들의 잔등 위에

온갖 추접한 낙인을 찍었으나,
온전히 다른 말들이 부르는
단 한 줄기 곡조는,
얼마나 아름다웠느냐?

미어진 구두와 헌 옷 아래
서릿발처럼 매운 고난 속에
아 슬픔까지가
자랑스러운 즐거움이었던
그들 청년의 행복이 있었다.

지도

두 번 고치지 못할 운명은
이미 바다 저쪽에서 굳었겠다.
바라보이는 것은 한 가닥 길뿐,
나는 반도의 새 지도를 폈다.

나의 눈이 외국 사람처럼
서툴리 방황하는 지도 위에
몇 번 새 시대는 제 낙인을 찍었느냐?
꾸긴 지도를 밟았다 놓는
손발이 내 어깨를 누르는 무게가
분명히 심장 속에 파고든다.

이 새 문화의 촘촘한 그물 밑에
나는 전선줄을 끊고 철로길에 누웠던
옛날 어른들의 슬픈 미신을 추억한다.

비록 늙은 어버이들의 아픈 신음이나,

벗들의 괴로운 숨소리는,
두려운 침묵 속에 잠잠하여,
희망이란 큰 수부(首府)에 닿는 길이
경부철도처럼 곱다 안 할지라도,
아! 벗들아, 나의 눈은
그대들이 별처럼 흩어져 있는,
남북 몇 곳 위에 불똥처럼 발가니 달고 있다.

산맥과 강과 평원과 구릉이여!
내일 나의 조그만 운명이 결정될
어느 한 곳을 집는 가는 손길이,
떨리며 가리키는 것이 무엇인지,
너는 아느냐?

이름도 없는 일(一) 청년이 바야흐로
어떤 도시 위에 자기의 이름자를 붙여,
불멸한 기념을 삼으려는,

엄청난 생각을 품고 바다를 건너던,
어느 해 여름밤을
너는 축복지 않으려느냐?

나는 대륙과 해양과 그리고 성신(星辰) 태양과,
나의 반도가 만들어진 유구한 역사와 더불어,
우리들이 사는 세계의 도면이 만들어진
복잡하고 곤란한 내력을 안다.

그것은 무수한 인간의 존귀한 생명과,
크나큰 역사의 구둣발이 지나간,
너무나 뚜렷한 발자국이 아니냐?

한 번도 뚜렷이 불러 보지 못한 채,
청년의 아름다운 이름이 땅속에 묻힐지라도,
지금 우리가 이로부터 만들어질
새 지도의 젊은 화공의 한 사람이란 건,

얼마나 즐거운 일이냐?

삼등 선실 밑에 홀로,
별들이 찬란한 천공보다 아름다운
새 지도를 멍석처럼 쫙 펼쳐 보는,
한여름 밤아, 광영이 있거라.

어린 태양이 말하되

알지 못할 새
조그만 태양이 된
나의 마음에
고향은
멀어갈수록 커졌다.

누구 하나
남기고 오지 않았고,
못 잊을
꽃 한 포기 없건만,
기적이 울고
대륙에 닿은 한 가닥 줄이
최후로 풀어지며,
그만 물새처럼
나는 외로워졌다.

잊어버리었던 고향의

어둔 현실의 무게가
떠오르려는 어린 태양을
바다 속으로 누를 듯
사납다만.

나무 하나 없는
하늘과 바다 사이
구름과 바람을 뚫고,
하루 저녁
너른 수평선 아래로,
아름다이 가라앉는
낙일(落日)이,
나의 가슴에
놀처럼 붉다.

이제는 먼 고향이여!
감당하기 어려운 괴로움으로

나를 내치고,
이내 아픈 신음 소리로
나를 부르는
그대의 마음은
너무나 진망굿은
청년들의 운명이구나!

참아야 할 고난은
나의 용기를 돋우고,
외로움은
나의 용기 위에
또 한 가지 광채를 더했으면……

아아, 나의 대륙아!
그대의 말 없는 운명 가운데
나는 우리의 무덤 앞에 설
비석의 글발을 읽는다.

고향을 지나며

당신의 마을은 이미 잠들었습니까?
등불 하나 없이 캄캄하니 답답합니다.

여기 그대 아들이 있습니다.

부산을 떠난 막차가 환하니 달리지 않습니까?
개 소리 한마디 들림직 하건만 하늘과 땅이 소리도 없습니다.

두렵습니다. 누런 수캐란 놈도 혹여 양식이 되지나 않았습니까?

인젠 돌아오지 않는 아들을 기다림도 속절없다.
주무십니까?
그렇지 않으면 집도 다하고,
기름도 마르고, 기운도 지쳐,

>

아아, 마음 아픕니다. 죽은 듯 마당에 쓰러지지나 않았습니까?

기적이 우니 차가 굴속에 드나 봅니다.
안타깝습니다, 이제 고향은 눈앞에 스러지렵니다.

어머님 묻힌 건넛산 위 별들이 눈물 어렸습니다.

인제 나 하나가 있고, 벼락 맞은 수양이 섰고,
그대가 늘 소를 매어 여름이면 파리가 왕왕 끓었습니다.

아들이 마을 전설과 옛 노래를 익힌 곳도 게 아닙니까?

오는 새벽 비가 내리면, 그대는 또 괭이를 잡고, 논 가운데 섭니까?
당신의 굽은 등골의 아픔이 아들의 온몸에 사무칩니다.

>

아아! 이길 수 없습니다. 그대 슬픔은 너무나 큽니다.
그대 정숙한 아내도 이 속에 죽었고,
당신의 청승궂은 자장가로 자란 누이도 이 속에 죽고,

그만 떨치고 일어나, 당신을 받들 먼 날을 그리어 내지로 간 아들의 마음입니다.

그러나 지금 돌아오는 아들의 손엔 아무것도 가진 것이 없습니다.
그나마 흙방 위에 꼬부리고 누운 그대를 헛되이 눈감아 생각할 뿐.

한 되는 일입니다. 그대 이름 부를 자유도 없습니다.

곧장 내일 아침 지정받은 어느 곳에 닿아야 합니다.
하나밖에는 아무것도 허락되지 않은 준엄한 길입니다.

>

그대여! 당신은 아들의 길을 축복합니까?

그대 무릎 아래 다시 엎드려 볼 기약도 막막한,
슬픈 길이 북쪽으로 뻔하니 뚫렸습니다.

그러나 당신은 압니까, 아들의 길이 눈물보다도 영광이 어린 것을……

아무도 모를 것입니다. 홀로 흐르는 그대의 눈물이
아들의 타는 마음속에 기름을 붓는 비밀을.

아아! 아무도 모를 것입니다.

다시 인젠 천공에 성좌가 있을 필요가 없다

바다, 어둔 바다,
쭉 건너간 수평선 위,

다시 인젠
별들이 깜박일 필요는 없다.

파도 위 하늘 아래,
일찍이 용사이었던.

그러니라……
—뱃머리를 돌려라,
　돛을 꼬부리고.
　남풍이다.
　에헷! 그물 줄을 늦추고.

이마 위에 한 손을 얹고,
하늘을 우러러 얼굴을 들면,

별들은 꽃봉오리처럼
아름다웠다.
별들은 결코 속이지 않았다.

우리의 가슴은 바다인 듯,
고기들과 조개의 온갖 비밀을 알았고,
은하 오리온 먼 대웅(大熊)의
조그만 속삭임 하나,
우리의 귀는 빼놓지 않았다.

우리의 몸은 새보다도
날래고 자유로워,
바람이나 파도는
얼른 우리 앞에 맞서지를 못했다.

거친 파도와 바람이,
우리들의 가슴속에 묻어 놓은 것은,

자신(自信)과 굳은 신념 하나뿐이었다.

그러나 오늘 밤 얼굴의
깊은 주름과 꺼진 눈자위가
밤하늘보다 오히려 어두워,
타고 있는 조그만 배가
장차 닿을 항구의 이름조차 알 수가 없다.

살림의 물결, 가난의 바람은,
현해(玄海) 바다보다도 거세고 매웠던가?

마음과 얼굴에 함부로 파진,
깊고 어둔 골창들은
험한 생애의 풍우가 굴어뜯은
지울 수 없는 상처들.

그곳에서 흐른

아프고 붉은 이야기가,
고향의 온갖 들과 내 위에
노래가 되어 흐르고 있다.

푸른 잎, 붉은 꽃과, 누른 열매,
가없는 하늘 밑에 드러누운 대륙의
헤아리기 어려운 삼림을 기르랴
너무나 비싼 생명들은 녹아,

아아! 벌써 한 개 숙명인 얼굴에,
그 메마른 피부 위에
어둔 해협의 밤바람이 부딪친다.

앞에도 뒤에도 얼굴
아낙네, 아이, 어른, 한 줌의 얼굴들

—눈들은 제각각 알지 못할 운명에 촛불처럼 떨고 있다.

>

대체 이런 똑같은 얼굴들이,
아아! 그대들은 다 형제인가……
통 통 통 통
국법을 어기는 명백한 음향이
현해 어둔 바다 하늘 위에 떨린다.

—아아 북구주 해안엔
　대체 무엇이 기다린단 말인가!

첫 쓸데없는 별들이다.
인젠 곱다란 연락선 갑판 위
성장(盛裝)한 손들 머리 위나 빛나거라,

—너희는
　그들의 사랑과 축복의 꽃다발이리라.

몇 번 너희들은 이러한 밤,

정말 몇 번
눈 밝은 경비선을 안내했는가?

듣거라, 하늘아!
다시 인젠
바다 위에 성좌가 있을 필요는 없다.

월하(月下)의 대화

몇 시……
두 시.

삐걱! 뱃전이 울었다.

물결이 높지요!
달이 밝습니다.

바다가 설레를 쳤다.

얼마나 왔을까요?
반 넘어 왔습니다.

아직 조선 반도는 안 보였다.

아버님이……
아니요, 조선이, 세상이,

>

달이 구름 속에 숨었다.

무서워요,
바다가?……

청년은 여자를 끌어안았다.

아아! 당신을……
나도 당신을……
둘이 함께 〈인생도 없습니다.〉

물결이 질겁을 해 물러섰다.

그다음
여자가 어찌했는지,
청년이 어찌했는지,

>

본 이가 없으니, 울 이도 웃을 이도 없고,
나란히 놓인
남녀의 구두가 한 쌍,

갑판 위엔 유명한 춘화(春畵)가 한 폭 남았다.

—일봉이 좋기사 좋습디더
—아모덴 와? 없어 병이구마

삼등 선실 밑엔 남도 사투리가 한창 곤하다.

어느 해 여름 현해탄 위,
새벽도 멀고,
마스트 위엔 등불이 자꾸만 껌벅였다.

눈물의 해협

아기야, 너는 자장가도 없이 혼곤히 잔다.
너는 인제서야 잠이 들었다만,
너무나 오랜 동안 보채어,
좁은 목이 칼칼하니 쉬었다.

너는 오늘 밤
이 해협 위에 일어나고 있는
수많은 일의 단 한 가지 의미도 깨닫지 못하고 잔다.

바람이 지금 바다 위에서 무엇을 저지르고 있는지도 너는 모른다.
물결이 갑판 위에서 무엇을 쓸어 가고 있는지도 너는 모른다.
물 밑의 어족들이 무엇을 탐내고 있는지도 너는 모른다.
이따금,
동그란 유리창을 들여다보는 것이 정녕 주검의 검은 그림자인 것도 너는 모른다.

>

아마 우리를 실은 큰 배가,
수평선 아래로 영원히 가라앉는 비창한 통곡의 순간이 온다 해도,
너의 고운 잠은 깨이지 않으리라.
아기야, 너는 오늘 밤,
이 바다 위에 기적의 손길이 미쳐 있는 줄 아느냐?

눈물이 흐른다.
현해탄 넓은 바다 위
지금 젖꼭지를 물고 누워
뒹굴듯 흔들리는 네 두 볼 위에,
하염없이 눈물만이 흐른다.

아기야, 네 젊은 어더니의 눈물 속엔,
무엇이 들어 있는 줄 아느냐?
한 방울 눈물 속엔
일찍이 네가 알고 보지 못한 모든 것이 들어 있다.

>

이 속엔 그이들이 자라난 요람의 옛 노래가 들어 있다.

이 속엔 그이들이 뜯던 봄나물과 꽃의 맑은 향기가 들어 있다.

이 속엔 그이들이 꿈꾸던 청춘의 공상이 들어 있다.

이 속엔 그이들이 갈아 부친 땅의 흙내가 들어 있다.

이 속엔 그이들이 어루만지던 푸른 보리밭이 있다.

이 속엔 그이들이 안아 보던 누른 볏단이 있다.

이 속엔 그이들이 걸어가던 촌 눈길이 있다.

이 속엔 그이들이 나무를 베던 산의 그윽한 냄새가 있다.

이 속엔 그이들이 죽이던 도야지의 비명이 있다.

이 속엔 그이들이 듣던 외방 욕설이 있다.

이 속엔 그이들이 받았던 집행 표지가 있다.

이 속엔 그이들이 작별한 멀리 간 동기의 추억이 있다.

이 속엔 그이들이 떠나 온 고향의 매운 정경이 있다.

이 속엔 그이들이 이따금 생각했던 다툼의 뜨거운 불길도 있다.

>

참말로 한 방울 눈물 속은 이 모든 것이 들어 있기엔 너무나 좁다.

그러므로 눈물은 떨어지면 이내 물처럼 흘러가지 않느냐?

나의 아기야, 그래도 이 속엔 아직 그들이 탄 배의 이름도 닿을 항구의 이름도 없고,

이 바다를 건너간 많은 사람들의 운명은 조금도 똑똑히 기록되어 있지 않다.

더구나, 바람과 파도와 그 밖의 온갖 악천후에 대하여,

눈물은 다만 하염없을 따름이다.

밝은 날 아침 다행히 물결과 바람이 자서

우리의 배가 어느 항구에 들어간대도 이내 새 운명이 까마귀처럼 소리칠 게다.

나는 그 괴이한 소리가 열어 놓는 너의 소년과 청춘의 긴 시절을 생각한다.

아기야, 해협의 밤은 너무나 두렵다.

우리들이 탄 큰 배를 잡아 흔드는 것은 과연 바람이냐? 물결이냐?

아! 그것은 현해탄이란 바다의 이상한 운명이 아니냐?

너와 나는 한 줄에 묶여 나무토막처럼 이 바다 위를 떠가고 있다.

아기야, 너는 어찌 이 바다를 헤어 가려느냐?
날씨는 사납고,
아직 너는 어리고,
어버이들은 이미 기운을 잃고,
내 손은 너무 희고 가늘고,
기적이란 오늘날까지 있어 본 일이 없고,

그러나, 아끼는 나의 아기야,
오늘 밤 이 바다 위에 흐르는 눈물이,

내일 너의 젊은 가슴속에 피워 놓을 한 떨기 붉은 장미의 이름임을

아아! 나의 아기야, 나는 안다.

상륙

전차도 커지고,
자동차도 새로워지고,
삼층 사층 양옥들이 곱다란
이 넓은 길이 어디로 통하는가?

정신을 차려라……

클랙슨이 먼지를 풍기며 노호한다.
인제 부산도 옛 포구가 아니다.
트럭이 지났는가 하면,
자동차들이 벌 떼처럼 달려든다.

스톱! 하늘엔 여객기의 통과다.

정녕 나는 연락선에서 들고 내린,
묵은 가방을 털어 보아야 할까 보다.
몇 해 전 가지고 건너갔던

때 묻은 선입견이 남은 모양이다.

부두의 딸가닥 소리가 사람들을 놀랜 것은 벌써 옛 목가로구나.

내가 입고 자란 옷,
주절대고 큰 말소린
하나도 찾을 길이 없다.
나는 고향에 돌아온 것 같지도 않고,
아, 고향아!
너는 그동안 자랐느냐? 늙었느냐?

외방 말과 새로운 맵시는 어느 때 익혔느냐?

벌렸다 다물고, 다물었다 벌리는,
강철 개폐교(橋) 이빨 새에,
낡은 포구의 이야기와 꿈은,

이미 깨어진 지 오래리라만,
그렇다고 나는 저 산 위 올망졸망한,
오막들의 고달픈 신음 속에,
구태여 옛 노래를 듣고자 원하진 않는다.

나의 귀는 신음과 슬픈 노래에 너무나 찌들었다.

비록 오는 날,
나의 조상들의 외로운 혼령이
잠시 머무를 한낱 돌이나 나무가 없고,
늘비한 굴뚝이 토하는 연기와 끄름에,
흰 모래밭과 맑은 하늘이
기름걸레처럼 더러워진다 해도,

아아, 나는 새 시대의 맥박이 높이 뛰는 이 하늘 아래 살고 싶다.

>

연기들은 바람에 날리면서도,
끝내 위로 높이만 오르는
저 하늘 한복판에,
나는 오는 날의 큰 별을 바라본다.

행인들아!
그대들은 이 포구의 흰 모래가
시커멓게 변한 위대한 내력을 아는가?
나는 제군들 모두의 손을 잡고,
아, 친애의 정을 베풀고 싶다.

일찍이 저 시커먼 큰 건물들은,
제군들의 운명을 고쳤으나,
이내 제군들이 아름다운 항만(港灣)의 운명을 개척할 새 심장이,
또한 저 자욱한 건물들 속에서 만들어짐은 즐겁지 않으냐.

>

나의 고향은 이제야, 대륙의 명예를 이을 미더운 아들을 낳았구나.

바다에는 기폭으로 아로새긴 만국지도,
거리엔 새 시대의 왕자 금속들의 비비대는 소리,
목도(牧島) 앞뒤엔 여명이 활개를 치고 일어나는 고동소리,
이따금 현해(玄海) 바다가 멀리서
사자처럼 고함치며 달려오고……

바야흐로 신세기의 화려한 축제다.

누가 이 새 고향의 찬미가를 부를 것이냐?
교향악의 새 곡조를 익힐 악기는 어느 곳에 준비되었는가?

대양, 대양, 대양,

실로 대양의 파도만이 새 시대가 걸어가는
장엄한 발자취에 행진곡을 맞추리라.

현해탄

이 바다 물결은
예부터 높다.

그렇지만 우리 청년들은
두려움보다 용기가 앞섰다,
산불이
어린 사슴들을
거친 들로 내몬 게다.

대마도를 지나면
한 가닥 수평선 밖엔 티끌 한 점 안 보인다.
이곳에 태평양 바다 거센 물결과
남진해 온 대륙의 북풍이 마주친다.

몽블랑보다 더 높은 파도,
비와 바람과 안개와 구름과 번개와,
아시아의 하늘엔 별빛마저 흐리고,

가끔 반도엔 붉은 신호등이 내어걸린다.

아무렇기로 청년들이
평안이나 행복을 구하여,
이 바다 험한 물결 위에 올랐겠는가?

첫번 항로에 담배를 배우고,
둘째 번 항로에 연애를 배우고,
그다음 항로에 돈맛을 익힌 것은,
하나도 우리 청년이 아니었다.

청년들은 늘
희망을 안고 건너가,
결의를 가지고 돌아왔다.
그들은 느티나무 아래 전설과,
그윽한 시골 냇가 자장가 속에,
장다리 오르듯 자라났다.

>

그러나 인제
낯선 물과 바람과 빗발에
흰 얼굴은 찌들고,
무거운 임무는
곧은 잔등을 농군처럼 굽혔다.

나는 이 바다 위
꽃잎처럼 흩어진
몇 사람의 가여운 이름을 안다.

어떤 사람은 건너간 채 돌아오지 않았다.
어떤 사람은 돌아오자 죽어 갔다.
어떤 사람은 영영 생사도 모른다.
어떤 사람은 아픈 패배에 울었다.
— 그중엔 희망과 결의와 자랑을 욕되게도 내어판 이가 있다면,
　　나는 그것을 지금 기억코 싶지는 않다.

>

오로지
바다보다도 모진
대륙의 삭풍 가운데
한결같이 사내답던
모든 청년들의 명예와 더불어
이 바다를 노래하고 싶다.

비록 청춘의 즐거움과 희망을
모두 다 땅속 깊이 파묻는
비통한 매장의 날일지라도,
한 번 현해탄은 청년들의 눈앞에,
검은 상장(喪帳)을 내린 일은 없었다.

오늘도 또한 나이 젊은 청년들은
부지런한 아이들처럼
끊임없이 이 바다를 건너가고, 돌아오고,
내일도 또한

현해탄은 청년들의 해협이리라.

영원히 현해탄은 우리들의 해협이다.

삼등 선실 밑 깊은 속
찌든 침상에도 어머니들 눈물이 배었고,
흐린 불빛에도 아버지들 한숨이 어리었다.
어버이를 잃은 어린아이들의
아프고 쓰린 울음에
대체 어떤 죄가 있었는가?
나는 울음소리를 무찌른
외방 말을 역력히 기억하고 있다.

오오! 현해탄은, 현해탄은,
우리들의 운명과 더불어
영구히 잊을 수 없는 바다이다.

>

청년들아!
그대들은 조약돌보다 가볍게
현해의 큰 물결을 걷어찼다.
그러나 관문 해협 저쪽
이른 봄바람은
과연 반도의 북풍보다 따사로웠는가?
정다운 부산 부두 위
대륙의 물결은,
정녕 현해탄보다도 얕았는가?

오오! 어느 날,
먼 먼 앞의 어느 날.
우리들의 괴로운 역사와 더불어
그대들의 불행한 생애와 숨은 이름이
커다랗게 기록될 것을 나는 안다.
　1890년대의
　1920년대의

1930년대의
1940년대의
19××년대의
……
모든 것이 과거로 돌아간
폐허의 거칠고 큰 비석 위
새벽별이 그대들의 이름을 비출 때,
현해탄의 물결은
우리들이 어려서
고기 떼를 쫓던 실내처럼
그대들의 일생을
아름다운 전설 가운데 속삭이리라.

그러나 우리는 아직도
이 바다 높은 물결 위에 있다.

구름은 나의 종복(從僕)이다

흰 구름은 하늘에 비끼고,
나는 풀밭에 누워 휘파람을 불고,
공상이란 미상불
고삐를 끊어 던진 흰 말이다.

만일 구름보다 자유로운 것이 있다면,
대체 그것은 무엇일까?

그놈의 흰 갈기를 부여잡고,
힘을 모아 배때기를 걷어차면,
우박 송이처럼 당황하여,
나의 곁을 지나가는 별들을 볼 것이다.

참으로 그 뭉글뭉글한 잔등을 어루만지며,
나는 구름 위에 유유히 앉은 내 모양을 칭찬한다.

생각할수록 별들이란

겁이 많고 지나치게 영리한 게으름뱅이다.
저렇게 많은 족속들이
한낱 태양 아래 박쥐처럼 비겁할 수가 있는가?

그러나 태양이란 것도
한껏 교만할 따름이지 실상은
앞산 그림자가 한 발을 더듬기 시작만 하면,
벌써 산정(山頂)에 꼬리를 감추는
교활한 노총각이다.

그렇다고 나는
하늘을 휩쓰는 장한 바람이 되어 보고 싶지도 않다.
조그만 숲 하나를 헤어 나가려
몸부림을 치고 아우성을 지르고,
법석을 하는 꼴이란
너무도 추졸하다.

>

한껏 죽지를 벌려 고개를 들고,
높은 산마루에서 화살처럼
하늘을 날아 보려던
일찍이 꿈꾸었던 코스는,
지금 생각하니 일부러
고운 하늘을 눈알을 휩뜨고 날기도 애석하고,
피곤하여 바위 아래 허덕이며,
숨을 들이는 비장한 순간이란
나의 적들이 볼까 두렵고,

아아, 역시 희고 가벼운 구름아!
네가 오로지 한평생 가도
넓은 하늘이 좁은 줄을 모른다.

산맥처럼 장한 체수건만,
어느 모서리에 부딪쳐야,
깨어지는 수도 없고,

아프지도 않고,
솜처럼 자꾸만 피어 나가다가,

칵 답답하여
짜증이 날 때도 없고,
아아! 나는 너의 그 무한한 탄력성을 사랑한다.

영맹한 저기압과
원지(遠地)의 바람이,
우리들의 지상을 향하여,
엄청난 습격을 시험할 때,
너는 잽싸게 검은 연막으로 무장을 고쳐,
시급한 방어 임무에 당하더라.

자재(自在)한 둔갑술이여!

이윽고 전투*가 한창 격연(激然)할 때,

한줄기 소나기가 되어,
마른 남새밭을 발을 구르며 지나면,
나는 초목들과 더불어 손뼉을 친다.

생생한 목숨이여!

새들이다.
어린 참새들이다. 제비들이다.
마을 추녀 끝에 물초가 질 때쯤,
너는 어른처럼 옷깃을 걷어 들고
햇볕 쨍쨍한 하늘가로
붉은 놀이 되어 스러진다.

선한 결단력이여! 구름아!
어느 게 너의 자유고 의지냐?
너는 부자유도 자유냐?
그렇지 않으면, 너는 불가능이란 것을 모르느냐?

나폴레옹이다!

지금 네가 떠 있는 곳은 바다냐, 섬이냐?
하늘이다!

너는 오늘
가벼이 하늘을 거닐고,
사자가 되어 이리를 쫓다가,
바위가 되어 물결을 차다가,
강아지가 되어 공을 굴리다가,
어린애가 되어 달음질을 하다가,
너는 유희를 즐기는구!

자 듣거라, 구름아!
오늘 나는 너의 주인이다.
휘파람 부는 내 가슴은 줌을 못 넘고,
머리는 땅 위에 한 길을 못 오를망정,

한때도 나의 생각은 네 위
너른 하늘을 내려 본 일이 없느니라.

종순(從順)한 나의 흰 말아!
고삐를 내게 던져라.

새옷을 갈아입으며

젊은 아내의
부드런 손길이 쥐어짠
신선한 냇물이 향그런가?

하늘이 높은 가을,
송아지 떼가 참새를 쫓는
마을 언덕은
얼마나 아름다운 그림이냐만,
고혹적인 흙내가
나의 등골에 전류처럼
퍼붓고 지나간 것은,
어째서 고향의 불행한 노래뿐이냐?

언제부터 살찐 흙 속에 자라난
나뭇가지엔 쓴 열매밖에,
붉은 꽃 한 송이 안 피었는가!
가끔 촌 사람들이

목을 매고 늘어진 이튿날 아침,
숲속을 울리던 통곡 소리를
나는 잊지 않고 있다.

행복이란 꾀꼬리 울음이냐?
푸른 숲에서나, 누른 들에서나,
한 번 손에 잡히지 않았고,
아……
태양 아래 자유가 있다 하나,
땅 위엔 행복이 있지 않았다.

새 옷을 갈아입으며,
들창 너머로 불현듯
자유에의 갈망을 느끼려는
나의 마음아!
너는 한낱 철없는 어린애가 아니냐?

향복은 어디 있었느냐?

두 손을 포켓에 찌른 채,
너는 누런 레인코트를 입고,
하늘을 치어다보는 양 어깨 위엔,
어느새 밤이슬이 뽀야니 무겁다.

돌아갈 집도 멀고,
걸을 길도 아득한,
나의 젊은 마음아.
외딴 교외의 플랫폼 위
너의 따르는 꿈은 무엇이냐?

첫사랑에 놀란 조그만 가슴이,
인젠 엄청난 생각을 지녔구나.

기다리던 사람은 누구냐?
아직도 그가 올 시간은 멀었느냐?
시계를 들여다보고,

이따금 별들을 헤어 보고,
너는 달이 밝고,
하늘이 푸르고,
깨어지는 물방울이
진주보다도 아름다운
고향의 바닷가를,
어린애처럼 거니느냐?

밤은 깊고,
그는 드디어 오지 않았구나.
구름이 쫓기듯 밀려가,
별빛마저 흐린 동경만 위
어둔 하늘 아래
아아, 너는
아무 데고 하룻밤
안식의 잠자리를 구해야겠다.

>

너의 다섯 자 작은 몸을 누일,
따듯한 지붕 밑은 어드메냐?
자욱한 집들이나,
밝은 길을 가는 뭇 행인은,
너무나 눈 설고,
싸늘한 남들이라,
한낱 두려운 눈알이,
불똥처럼 발개서,
방황하는 너의 뒤를
쏠 듯이 따를 뿐이다.

아아, 만일
기다리던 그는 영영 오지 않고,
돌아갈 집은 자리 밑까지 흐트러져,
모진 운명이 머리 위를
쓸어 덮는다면

나의 마음아!
한 가지 장미처럼 곱기만 했던,
너는 인제
집 잃은 어린아이로구나!

가여운 마음아!
소금기를 머금은
외방 바람이,
스미는 듯 엷은 살결에 차다.
서글픈 밤,
머리에 떠올랐다 스러지고,
스러졌다간 떠오르는,
그리운 사람들 눈동자 속에,
너는 무엇을 보았느냐?

가도 없는 표박(漂泊)의 길이
모두 다 따듯한 요람이었고,

가는 곳마다
그들은 고향을 발견하지 않았느냐?
어느 날 고향의 요람으로
돌아갈 기약도 막막한
영원한 길손의 마음이,
어리듯 터를 잡지 않았던가,

그 속은 언 호수보다 서글펐으나,
바다 속처럼 깊더라.

참말 그들도, 나도,
도토리알 같은
어린 때의 기억만이,
고향 산비탈, 들판에
줍는 이도 없이 흩어져,
어쩐지 우리는 비바람 속에 외로운
한 줄기 어린 나무들 같다만,

누를 수 없는 행복과 즐거움이
위도 아니고 옆도 아니고, 오로지
곤란한 앞을 향하여 뻗어 나가는,
아아, 한 가지 정성에 있더구나!

바다의 찬가

장하게
날뛰는 것을 위하여,
찬가를 부르자.

바다여
너의 조용한 달밤일랑,
무덤 길에 선
노인들의 추억 속으로,
고스란히 선사하고,
푸른 비석 위에
어루만지듯,
미풍을 즐기게 하자.

파도여!
유쾌하지 않은가!
하늘은 금시로,
돌멩이를 굴린

살얼음판처럼
빼개질 듯하고,
장대 같은 빗줄기가
야……
두 발을 구르며,
동동걸음을 치고,
나는
번갯불에
놀라 날치는
고기 뱃바닥의
비늘을 세고

바다야!
•
•
•*

>

시인의 입에
마이크 대신
재갈이 물려질 때,
노래하는 열정이
침묵 가운데
최후를 의탁할 때,

바다야!
너는 몸부림치는
육체의 곡조를
반주해라.

후서(後書)

이 책 속엔 이때까지 발표된 내 작품의 거의 대부분이 수록되었다. 그중엔 발표된 가운데서도 부득이 빼지 않을 수 없었던 것도 있으며, 또한 미발표대로 들어간 것도 있으나, 내가 작품 위에서 걸어온 정신적 행정(行程)을 짐작하기엔 과히 부족됨이 없을 줄 안다.

실상은 지난가을에 처음 어느 친구로부터 이때까지 쓴 작품을 모아 출판했으면 어떻겠느냐는 즐거운 권우를 받았을 때, 비로소 사산(四散)된 구고(舊稿)들을 모으기 비롯하여 한 권이 되었으나, 그간의 여러 가지 형편으로 초지(初志)를 이루지 못하고 새 작품을 쓰기 시작했었다.

현해탄이란 제(題) 아래 근대 조선의 역사적 생활과 인연 깊은 그 바다를 중심으로 한 생각, 느낌 등을 약 이삼십 편 되는 작품으로 써서 한 책을 만들어 볼까 하였다.

이 가운데 맨 뒤에 실린 바다가 많이 나오는 일련의 작품이 그것이다.

그러나 재능의 부족과 생각의 미숙 등 외의 여러 가지 곤란에 부닥쳐, 끝까지 써나갈 용기와 자신을 다 잃어버렸다.

그래 할 수 없이, 그전에 한 권에 모았던 가운데서 얼마를 빼고 새로 쓴 작품과 어울러서, 이 한 책이 된 셈이다.

편순(遍順)은, 대략 연대순으로 하였는데, 그렇다고 반드시 발표 연월을 고사(考査)하여 차례를 매지도 않았다.

이 중엔 약간 그런 의미의 연대는 어긋나는 곳이 한두 군데 있으나 전체로서 이해를 방해할 만한 정도에는 이르지 않았다.

단지 「네거리의 순이」로부터 「세월」에 이르는 동안 내 작품 경향 발전상 한 개 새 시대였다고 볼 수 있는 몇 작품이 들지 않았다.

그 밖에도 「네거리의 순이」 한 편으로 그때 내 정신과 감정 생활의 전부를 이해해 달라 함은 좀 유감되나 할 수 없는 일이고, 「세월」에서 「암흑의 정신」 그리고 「주리라 네 탐내는 모든 것을」에 이르는 한 시기로부터, 그 뒤의 한두 번 변한 내 작품 경향을 이해하기엔 충분한 작품이 거의 전부 모여 있다.

맨 끝에 실린 「바다의 찬가」는 이로부터 내가 작품을 쓰는 새 영역의 출발점으로서 특히 넣었다고 할 수 있다.

한편 더 이런 경향의 작품을 넣으려 하였으나, 페이지[頁] 수도 너무 많고 하여 일후 다행히 다시 작품집을 하나 더 가질 수 있다면 하는 요행을 바라고 욕심을 덮어 두어 버렸다.

자꾸 변명 같아서 구구하지만 하나 더 미진한 점을 말하면 「네거리의 순이」 이전 내 전향기의 작품과 그보다도 전,

어린 다다이스트이었던 시기의 작품을 넣고 싶었다가 구할 수도 없고 초고도 상실되어 못 넣은 것이다.

이것은 내 지나간 청춘과 더불어 영구히 돌아오지 않는 희망일지도 모른다.

그러나 결국 생각하면 쓸 때에 그렇게 열중했던 소위 노력의 소산이란 것이 뒷날 돌아보면 이렇게 초라한가를 생각하면 부끄럽다느니보다도 일종 두려움이 앞을 선다.

내 자신이 이럴 바에야 하물며 인연 없는 독자에게 있어선 이 가운데 단 한 편이라도 나의 이름과 더불어 기억되리라고는 차마 믿을 수가 없다.

단지 바라는 것은 나의 앞날을 위하여 매운 비판의 회초리로 이 작품들이 읽혀짐을 열망할 따름이다.

끝으로 일 년 넘어 이 책의 탄생을 위하여 노력해 주신 동광당 이남래 형과, 일산(逸散)된 원고들을 모아 준 젊은 우인(友人)들에게, 정성을 다하여 감사의 말씀을 드린다.

이이들 없이는 이 책이 세상에 나올 수가 도저히 없었을 것이다.

또한 난잡한 글을 일일이 한글로 고쳐 주신 이극노 씨에게 삼가 후의를 감사하는 바이다.

정축 동짓달,
합포에서
저자 식(識)

*

11쪽 〈돈짝〉은 〈엽전의 크기〉를 말한다. 〈돈짝만 하다〉는 〈몹시 작다〉는 것을 비유하는 말이다.

19쪽 1930년대에 〈주검〉은 〈송장〉의 의미와 함께 〈죽음〉이라는 의미도 내포하고 있었던 것으로 보인다.

53쪽 〈장등이〉는 〈등〉의 방언이다.

54쪽 〈도렝이〉는 〈비루〉의 방언으로 개나 말 등의 털이 빠지는 피부병을 일컫는다.

60쪽 시집에는 검열로 인해 〈××긴〉으로 되어 있다.

61쪽 검열에 의하여 삭제된 부분이다. 『회상 시집』(1947)에 수록될 때에는 아예 이 부분을 지웠다. 『조선중앙일보』 1935년 7월 27일 자에 실릴 때는 이 부분에 다음 7행이 들어가 있다.

> 오오 정답고 그리운 고향의 거리여!
> 너는 내 귀한 동생 순이와 같이
> 그가 사랑한 용감한 이 나라 청년과 같이
> 노하고 즐기고 위하고 싸울 줄 알며 네 위를 덮은 검은 ××을 ×수처럼 ××하던 저 위대하고 아름다운 청년들의 발길을 대체 오늘날까지 몇 사람이나 맞고 보냈는가
> 고향의 거리여…… 나는 지금
> 네 위에서 한 사람의 낯익은 얼굴도 찾을 수가 없다

63쪽 원문은 〈살았소〉로 되어 있으나 〈잘았소〉의 오식인 듯하다.

65쪽 〈고추짱아〉는 〈고추잠자리〉를 뜻한다.

68쪽 〈용구새〉는 〈용마름〉의 방언이다.

78쪽 〈돈대〉는 〈평지보다 높게 두드러진 땅〉을 뜻한다.

84쪽 시집에는 〈줌〉으로 표기되어 있으나 오식인 듯하다. 1935년 12월 『조광』과 『회상 시집』에는 〈꿈〉으로 표기되어 있다.

117쪽 시집에는 〈愁鄕〉으로 표기되어 있으나, 『회상 시집』에 〈鄕愁〉로 되어 있는 것으로 보아 활자의 순서가 바뀌어 조판된 듯하다.

165쪽 시집에는 한 글자가 검열로 삭제되어 〈×斗〉로 표기되어 있다.

178쪽 검열에 의해 삭제된 부분이다. 『찬가』에는 다음과 같이 복원되어 있다.

> 너의
> 가슴에는
> 사상이 들었느냐

해설

임화와 『현해탄』

임화의 본명은 임인식이며 1908년 서울에서 태어났다. 그는 열세 살이던 1921년 보성중학에 입학하였으나 1925년 졸업을 앞두고 집안이 파산하여 중퇴하였다. 이 무렵 어머니도 돌아가시고, 얼마 동안 방황의 시간을 보냈다. 그리고 1926년경부터 문학, 영화, 연극 등에 관심을 보이며 시와 수필을 발표하기 시작했다. 임화는 1926년 12월에 카프에 가입하였고, 1927년부터 임화라는 필명을 사용하여 급진 성향의 평문들을 발표하기 시작했다. 박영희와 김기진이 내용 형식 논쟁을 벌이던 이 시기에 그는 박영희 계열에 섰던 것으로 보인다. 1928년과 그 이듬해에는 김유영이 제작한 카프계 영화 「유랑」과 「혼가」의 주연 배우로 출연하기도 하였으며 영화에 관한 글도 남겼다. 1929년에는 단편 서사시 계열의 시들을 발표하며 카프의 대표 시인으로 떠올랐다.

임화는 1930년 도쿄로 유학하여 카프의 도쿄 지부에서 활동하였으며, 카프 도쿄 지부의 책임자인 이북만의 누이 이귀례와 결혼하여 이듬해 딸 혜란을 낳았다. 1931년 귀

국한 이후 그는 카프의 조직을 재정비하고 실질적인 책임자가 되어 문예 운동의 볼세비키화를 노선으로 하는 카프의 제2차 방향 전환을 주도하였다. 또한 이해에는 카프 제1차 검거 사건으로 3개월간 옥살이를 하는데, 이후 폐결핵을 앓게 된다. 1934년에 제2차 검거 사건을 겪은 후 그는 김남천과 함께 카프 해산계를 제출하였다. 그 이후 해방 전까지 병 요양을 하며 시와 평론을 쓰고 문학사를 집필하였으며 출판사인 〈학예사〉를 경영하였다. 1935년에는 이귀례와 이혼하고 마산에서 이현욱과 재혼하였다. 이현욱은 이후 지하련이라는 필명으로 소설을 썼다.

해방 후에는 문학건설본부와 조선문학가동맹을 결성하는 등 다시 좌파 문인의 핵심 인물로 활동하다가 1947년 월북하였다. 그는 북에서 남로당계 문인으로 활동하였으며, 1953년 8월에 벌어진 남로당계 숙청 재판에서 〈미제국주의의 스파이〉라는 죄목으로 사형당했다.

마흔다섯을 일기로 비극적인 생애를 마친 임화는 시인으로서 또 비평가로서 많은 시편과 평문을 남겼다. 임화의 문학 경력은 십 대 후반이던 1926년부터 시작되었다. 그는 이때 〈성아〉라는 필명으로 시와 수필 등을 발표하였는데, 습작기라 할 수 있는 이 시기의 시들은 다다이즘풍을 띠고 있다. 임화가 카프계의 대표적 시인으로 부상된 시기는 1929년이다. 「우리 오빠와 화로」 등의 몇몇 시편이 당시 카프의 대표적 평론가였던 김기진에 의해 높이 평가되며 〈단편 서사시〉로 명명되었다. 카프 가입 초기의 시들은 투쟁 의식의 고취를 목적으로 씌어진 것이다. 서간문 형식과 서사적 구도를 취하고 있으며 사랑하는 연인이나 가족에게 이야기하는 어법을 사용하고 있는 것이 두드러진 형식적 특징이다. 이 시들은 1931년 발간된 6인 공동 시집인 『카프 시인집』에 수록되어 있다. 그는 카프가 해산되기까지 활발한 평론 활동을 하였으며 김남천과 논쟁을 벌이기도 하였다.

카프가 해산된 후 더 이상 정치적 활동을 할 수 없게 된 상황에서 임화는 시집 『현해탄』(1938)과 평론집 『문학의 논리』(1940)를 상자하였다. 또한 1939년부터 최초의 현대문학사에 해당하는 「조선신문학사」를 연재하며 〈이식 문학사론〉을 전개하였다. 해방 후인 1947년에는 『찬가』와 『회상 시집』을, 1951년에는 『너 어느 곳에 있느냐』를 발간하였는데, 이 중 『회상 시집』은 『현해탄』에 실린 시들 일부만을 재수록한 것이다. 카프 해산 이후 그의 시들은, 초기 시들과 달리 내면의 심경을 토로하는 내용이 주를 이룬다. 해방 후의 시들은 짧은 행으로 구성되어 있고 선동성을 강하게 드러내는 특징을 지닌다.

임화의 첫번째 개인 시집 『현해탄』은 1938년 2월 29일 동광당 서점에서 출간되었으며 정가는 1원 50전이다. 41편의 시를 수록하고 있으며 장정은 구본웅이 맡았다. 이 중 「네거리의 순이」는 『카프 시인집』에 실린 것을 상당 부분 고친 것이며, 마지막 시 「바다의 찬가」는 1947년에 발간된 『찬가』에 재수록되었다. 「네거리의 순이」를 제외한 나머지 시들은 1934년 카프 제2차 검거 사건 이후 쓰인 것들이다.

『현해탄』의 시들은 대부분 문장의 호흡이 길 뿐만 아니라 시의 길이도 상당히 긴 형태적 특성을 지닌다. 가장 긴 시인 「주리라 네 탐내는 모든 것을」은 총 219행에 달한다. 또한 이 시집의 많은 시들은, 인간뿐 아니라 종로 네거리, 세월, 독수리 등 관념이나 무생물을 청자로 설정하여 시적 효과를 얻고자 한다. 시집 『현해탄』에는 투쟁 의식을 직설적으로 강조하기보다는 좌파 지식인의 좌절과 결의와 희망을 다소 감상적이고 낭만적으로 노래하는 작품이 많다. 그 속에는 카프의 해체, 폐결핵 등으로 신체적, 정신적 고통 속에서 지내야 했던 임화의 심경이 그대로 반영되어 있다. 희망에 찼던 젊은 시절에 대한 추억과 좌절의 뼈아픔, 그럼에도 절망 속에서 희망을 갖고자 하는 낭만적 열정이 시집 『현해탄』의 기본 정서라고 할 수 있다.

시집의 전반부 시들은 주로 암울한 현실 상황에 대해서 노래한다. 새 세계에 대한 희망의 발언을 잊지 않으면서도 자신의 처지와 황폐한 조선의 현실에 대한 우울하고 비관적인 심경을 더 강하게 보여 준다. 이에 비해 후반부의 바다 시편들은 1930년경의 도일(渡日) 체험을 회상하며 쓴 것으로 현해탄을 건너가고 건너오는 상황을 배경으로 한다. 바다 시편들에서는 암울한 현실 그 자체보다는 그 현실 속에서 청년 시절에 지녔던 꿈과 희망을 되찾고자 하는 시인의 낭만적 노력이 좀 더 전경화된다.

한편 『현해탄』의 시들은 언어에 대한 세심한 배려를 별로 보여 주지 않는다. 긴 호흡은 구문의 파악을 어렵게 만드는 경우가 많다. 빈번한 반복과 열거 그리고 직접적인 감정의 노출은 시적인 긴장감을 떨어뜨린다. 상투화된 낭만주의적 상징어의 빈번한 사용도 그의 시들이 지닌 결함일 것이다. 그러나 『현해탄』은 암울한 시대를 넘어서 세상을 변화시키고 인간을 해방시키려는 드높은 낭만적 열정과 비관적인 현실 속에서도 희망을 간직해 보려는 지식인의 절박한 심정을 정직하게 보여 준다. 또 다른 카프 계열의 시들과는 달리 구체적 정황과 세련된 구성 그리고 호소력 있는 독백체 등 기법적인 면에서도 어느 정도 나아진 모습을 보여 준다. 『현해탄』은 당시 우리 문학사에 새로운 도덕적 열정과 문학관을 가져온 카프 문학을 대표하는 시집이라는 점에서 문학사적 의의를 가진다.

이남호(고려대학교 명예교수)

편자의 말

한국 현대시를 대표할 만한 시집들의 초간본을 다시 출간하는 일은 과거를 오늘에 되살리는 일이라기보다는 점점 과거 속으로 사라져 가는 것에 새로운 생명을 부여하여 여전히 오늘의 것이 되게 하는 일이라고 생각한다. 한국 현대시 100년의 역사는 많은 훌륭한 시집을 남겼다. 많은 훌륭한 시집들이 모여서 한국 현대시 100년의 풍요를 이루었다고 말할 수도 있다. 그러한 시집들을 계속 살아 있게 하는 일은 시를 사랑하는 사람의 의무일 것이다.

그러나 이러한 작업은 겉으로 드러나지 않는 수고와 신중함을 많이 요구한다. 첫째는 대표 시인을 선정하는 어려움이다. 수많은 시집들을 편견 없이 재검토해야 하는 수고도 수고지만, 선정과 배제의 경계에 있는 시집들에 대해서는 많은 망설임과 논의가 있어야 했다. 대표 시인 선정 작업이 높은 안목과 보편타당한 기준에 의해서 이루어졌는지는 시간을 두고 전문 독자들에 의해서 판단될 것이다.

두 번째 어려움은 표기에 관련된 것이다. 사실 20세기 전반기의 우리 출판과 한글 표기법의 수준은 보잘것없다.

맞춤법, 띄어쓰기, 행 가름, 연 가름 등에는 혼란스러운 곳이 많고 오식으로 보이는 부분들도 많다. 그것들은 오늘날의 독자들에게 혼란과 거북함을 줄 뿐만 아니라, 작품의 이해를 방해하기도 한다. 그리고 다른 지면에 인용될 때마다 표기가 달라지는 결과를 낳기도 한다. 근대 초기의 많은 문학 작품들을 오늘날의 표기법으로 잘 고쳐서 결정본을 확정 짓는 작업이 시급하다고 할 수 있다. 이러한 생각에서 시적 효과를 지나치게 훼손하지 않는 범위 안에서 표기를 오늘에 맞게 고쳤다. 그러나 시의 속성상 표기를 고치는 일은 조심스럽지 않을 수 없다. 단어 하나, 표현 하나마다 시적 효과와 현재의 표기법 그리고 일관성을 고려해서 번역 아닌 번역 작업을 해야 했다. 이러한 작업이 원문의 분위기를 어느 정도 훼손하는 것은 어쩔 수 없었다. 또 어떻게 고쳐야 할지 판단이 서지 않는 부분도 꽤 있었다. 어쩌면 표기와 관련해서 노력한 만큼의 성과를 얻지 못했는지도 모른다. 그러나 이러한 작업의 축적을 통해서 작품의 결정본을 만들어 나갈 수 있을 것이며, 또한 오늘의 독자에게 친숙한 작품이 될 수 있을 것이다.

초간본의 재출간 아이디어를 최초로 낸 사람은 열린책들의 홍지웅 사장이다. 그분의 남다른 문학 사랑과 출판 감각 그리고 이 작업에 대한 전폭적인 지원에 존경심을 표하고 싶다. 그리고 시집 선정과 표기 수정 및 기타 작업은 이혜원, 신지연, 하재연 선생과 팀을 이루어 했다. 이분들의 꼼꼼함과 성실함에도 존경심을 표하고 싶다. 이 총서가 문학 연구자들뿐만 아니라 일반 독자들에게도 널리 그리고 오래 사랑받기를 바란다.

이남호

한국 시집 초간본 100주년 기념판

현해탄

지은이 임화 임화는 1908년 서울에서 태어났다. 본명은 인식(仁植)이며 보성중학교에서 수학하였다. 1926년경부터 문학, 영화, 연극 등에 관심을 보이며 시와 수필을 발표하기 시작했다. 1929년 단편 서사시 계열의 시들을 발표하며 카프의 대표 시인이 되었으며 1931년 6인 공동 시집인 『카프 시인집』을 냈다. 1938년 첫 시집 『현해탄』, 해방 후인 1947년에는 『찬가』, 『회상 시집』 등을 발간했다. 1947년 월북하여 1953년 사형당했다.

지은이 임화 **책임편집** 이남호 **발행인** 홍예빈 · 홍유진
발행처 주식회사 열린책들 **주소** 경기도 파주시 문발로 253 파주출판도시
전화 031-955-4000 **팩스** 031-955-4004 **홈페이지** www.openbooks.co.kr

ISBN 978-89-329-2222-5 04810 978-89-329-2210-2 (세트)
발행일 2022년 3월 25일 초간본 100주년 기념판 1쇄

초간본 간기(刊記) 인쇄 쇼와(昭和) 13년 2월 23일 **발행** 쇼와 13년 2월 29일 **정가** 1원 50전 **저작자** 임인식(경남 마산부 상남동) **발행자** 이정래(경성부 재동정 112) **인쇄자** 이유기(경성부 서대문정 1정목 166) **인쇄소** 동아사인쇄소(경성부 서대문정 1정목 166) **발행소** 동광당서점(경성부 재동정 112) 진체(振替) 경성 16121번 전화 (광) 370번